中国现当代东北作家与作品多维度解读

冀 艳 著

全国百佳图书出版单位　吉林出版集团股份有限公司

图书在版编目（CIP）数据

中国现当代东北作家与作品多维度解读／冀艳著.
-- 长春：吉林出版集团股份有限公司，2022.8（2023.9重印）
ISBN 978-7-5731-1944-5

Ⅰ.①中… Ⅱ.①冀… Ⅲ.①地方文学-文学研究-东北地区 Ⅳ.①I209.93

中国版本图书馆 CIP 数据核字（2022）第 143883 号

ZHONGGUO XIAN DANG DAI DONGBEI ZUOJIA YU ZUOPIN DUO WEIDU JIEDU
中国现当代东北作家与作品多维度解读

著：冀 艳
责任编辑：朱 玲
封面设计：雅硕图文
开 本：720mm×1000mm 1/16
字 数：110 千字
印 张：6.25
版 次：2022 年 8 月第 1 版
印 次：2023 年 9 月第 2 次印刷

出 版：吉林出版集团股份有限公司
发 行：吉林出版集团外语教育有限公司
地 址：长春市福祉大路 5788 号龙腾国际大厦 B 座 7 层
电 话：总编办：0431-81629929
印 刷：涿州汇美亿浓印刷有限公司

ISBN 978-7-5731-1944-5　　　定　价：48.00 元
版权所有 侵权必究　　举报电话：0431-81629929

前 言

  中国东北有着迥异于其他地域的地理风光——美丽富饶的东北平原、绿波荡漾的兴安林海、一望无际的科尔沁大草原，无数文人雅士以深情的笔触对此加以描绘，由此产生了许多带有鲜明东北地域特色的文学作品。现当代东北文学的内在意蕴十分丰富，它折射着悠久的历史文化信息，反映着时代的风云变幻，彰显着人类对于真善美的不断追求，体现着博彩、开放、求索与创新的人文精神，遨游在现当代东北文学的海洋中，人们能够感受到其文字独有的巨大力量。

  作为中国现当代文学的重要组成部分，现当代东北文学取得了令人瞩目的成就，涌现出许多优秀作家及作品，如萧红的《生死场》《呼兰河传》，端木蕻良的《科尔沁旗草原》，迟子建的《额尔古纳河右岸》，孙惠芬的《伤痛城市》，双雪涛的《猎人》，等等。现当代东北文学的发展无疑是曲折的，从五四运动影响下的白话新文学到抗日救亡时期的文学，再到中华人民共和国成立后讴歌新时代气象的文学，而后是21世纪全球化背景下的以开阔视野、走向世界为着眼点的文学，在这个过程中，文学创作的风格、重点不断变化，现当代东北文学也由此更具丰富性与深刻性。当代东北文学的创作精髓主要透过其审美特征表现出来，一是原生态的粗犷与鲜活之美，作家通过对东北蓬勃草木的叙写表现充满激情的生命；二是顽强意志的张扬，作家选取生活中具有"强力意志"的人物和事件，展现他们不屈不挠、勇于挑战困难的精神；三是对文化的现代理性审视，作家关注社会转型背景下的复杂人性，从不同维度揭示文化对人性格的影响，以赋予文学创作新的审美内涵；四是广采博纳的叙事风格，作家以放之四海的胸怀积极学习其他文学创作中的叙事技巧，以构筑东北文学的多元特性。

现当代东北文学在时代风雨的洗礼中不断发展，阅读现当代东北作家的作品，能够感受到别具一格的文化意蕴与美学特质，也正是这些作家的文学书写，让现当代东北文学走上了全国性乃至世界性的舞台。当前，越来越多的学者基于对现当代东北文学的了解，深入研究相关作家及其作品，《中国现当代东北作家与作品多维度解读》就是在这样的背景下撰写而成的。本书从现当代东北文学创作流变入手，选取了萧红、端木蕻良、迟子建、孙惠芬、双雪涛五位具有代表性的现当代东北作家，详细探讨了萧红文学作品中的家园眷恋、女性意识及民族反省心路，端木蕻良小说语体的诗歌形态、文学作品中的生命冥想、忧患意识与爱国情怀，迟子建文学创作的儿童视角及其作品中的乡土世界与生态感悟，孙惠芬文学作品的审美意蕴及其小说中的民俗描写与女性生存境况，双雪涛小说的审美特征及其文学创作中的"东北书写"与"边缘人"群像。最后关注21世纪东北文学的新发展，对意蕴丰富的小说创作、充满哲理的诗歌创作、直击灵魂的散文创作以及由报告到传记的写实文学进行了系统研究。

本书在撰写过程中得到了众多学者的支持和鼓励，同时参考和借鉴了有关专家、教研人员的研究成果，在此对其表示诚挚的感谢！由于作者水平有限，对中国现当代东北文学及其作家作品的分析难免存在疏漏和不足之处，诚望广大读者批评指正。

目　录

绪论　现当代东北文学创作流变 ……………………………………………… 1

第一章　萧红及其文学作品解读 ………………………………………………… 6
　第一节　萧红人生经历 ……………………………………………………… 6
　第二节　萧红文学作品中的家园眷恋 ……………………………………… 8
　第三节　萧红文学作品中的女性意识 ……………………………………… 13
　第四节　萧红文学作品体现的民族反省心路 ……………………………… 17

第二章　端木蕻良及其文学作品解读 ………………………………………… 21
　第一节　端木蕻良人生经历 ………………………………………………… 21
　第二节　端木蕻良小说语体的诗歌形态 …………………………………… 22
　第三节　端木蕻良文学作品中的生命冥想 ………………………………… 26
　第四节　端木蕻良文学作品中的忧患意识与爱国情怀 …………………… 29

第三章　迟子建及其文学作品解读 …………………………………………… 35
　第一节　迟子建人生经历 …………………………………………………… 35
　第二节　迟子建文学创作的儿童视角 ……………………………………… 36
　第三节　迟子建小说中的乡土世界 ………………………………………… 42
　第四节　迟子建笔下的生态感悟 …………………………………………… 46

第四章　孙惠芬及其文学作品解读 …………………………………………… 50
　第一节　孙惠芬人生经历 …………………………………………………… 50
　第二节　孙惠芬文学作品的审美意蕴 ……………………………………… 51

第三节　孙惠芬小说中的民俗描写 …………………………………… 56
　　第四节　孙惠芬笔下的女性生存境况 ………………………………… 60
第五章　双雪涛及其文学作品解读 ………………………………………… 65
　　第一节　双雪涛人生经历 ……………………………………………… 65
　　第二节　双雪涛小说的审美特征 ……………………………………… 66
　　第三节　双雪涛文学创作中的"东北书写" ………………………… 70
　　第四节　双雪涛笔下的"边缘人"群像 ……………………………… 73
第六章　21世纪东北文学的新发展 ………………………………………… 76
　　第一节　意蕴丰富的小说创作 ………………………………………… 76
　　第二节　充满哲理的诗歌创作 ………………………………………… 80
　　第三节　直击灵魂的散文创作 ………………………………………… 83
　　第四节　由报告到传记的写实文学 …………………………………… 87
参考文献 ……………………………………………………………………… 89

绪论　现当代东北文学创作流变

东北现当代文学是中国文学史的一个组成部分。在中国文学史上占有不可忽视的地位。

东北现代文学作为一种历史现象，不是偶然产生、孤立存在的，而是有着历史发展的继承性。从古代到近代，从近代到现代，几千年间，各民族之间的融合与分化，阶级的对抗与搏斗，经常不断在东北大地上发生着，其中充满了政治的、经济的、军事的、思想的和文化的斗争。到了近代，北方俄罗斯的入侵和东方日本的进逼，以及日俄两强在东北土地上的争斗与瓜分，使东北边陲的经济、政治以及文化，都发生了深刻而巨大的变化。这种历史因素的出现和累积，给东北现代文学的产生和发展造成了特殊的基础和特殊的思想文化资料，使东北现代文学形成了独特的发展道路，呈现出独自的风貌。它既有着中国现代文学普遍的共性，又有其东北地方文学的特性。即在精神文化的基本方向、内涵、核心、表达形式等基础范畴中，同祖国母体文化、民族文化传统完全一致，是这个大系统中的一个子系统，是祖国文化血肉之躯的一部分。但是，在内容、题材、形式、艺术色彩等方面又带有浓重的、鲜明的、突出的地方特色，有白山黑水似的雄壮伟岸；有原始森林式的葱郁浓密；有辽阔平原般的宽广悠远；有综合这一切的粗犷、雄壮、悲凉、慷慨的体质与性格。它并不优雅，然而雄劲，它缺少抑扬顿挫的韵味，然而具有刚强挺进的气势。东北现代文学，就是这样带着它历史的因素，出现在我国现代文学的文坛上的。

对东北现代文学，人们往往做一种狭义的理解，只看作是流亡到关内的一批东北作家所创作的作品，即通常所说的"东北作家群"的作品，看作是"九·一八"以后一个时期的东北文学。这是很不够的。

事实上，东北现代文学有五个组成部分：（一）"五四"新文化运动影响下产生的以白话创作的新文学；（二）流传于东北地区的抗联文学和流亡关内的东北作家创作的抗日救亡文学；（三）在沦陷区、伪满洲国的进步文学；（四）在沦陷区和伪满洲国的殖民文学和汉奸文学；（五）解放区革命文学。这五个方面的文学，构成了东北现代文学的整体。它们分为正反两部分，彼此对立、矛盾、斗争着，一方面是爱，是恨，是生之伟大、斗争之英勇、牺牲之惨痛，是苦难、血泪、流离、死亡、挣扎、反抗、战斗，是光明；另一方面，则是苟且偷生的卑微、投降与背叛的无耻，充当凶手与奴才的罪恶，是屈膝、饮血、舐痔、啃骨、屠杀、残害，是黑暗。这是两种文学，两个世界。正是这两种文学，才能全面地反映了东北现代历史的真实，以及东北现代文学的真实。

在东北现代文学的五个组成部分中，首先应当提出来的是抗联革命文学。它是威震中外、艰苦卓绝、最早进行抗日斗争的东北抗日联军的革命精神、爱国主义和革命英雄主义的反映，是这支英勇的抗日队伍的精神火炬，它燃烧着爱国主义和共产主义的火焰，吹响了民族革命斗争的号角。它在东北人民和中华民族的抗日斗争史上，在我国现代文学史上，都是光辉的一页。固然，由于艰苦卓绝的斗争几乎占据了创作者全部的精力和意志，由于斗争环境的极端艰苦和不稳定，也由于创作的目的是那样的直接而迫切地配合斗争，抗联革命文学，未能得到更顺畅的生长、发育，而日伪的残酷镇压和严密禁止，也使它的传播受到严重的影响。但是，仍在东北现代文学和中国现代文学中留下了自己的业绩。

东北现代文学的主体，当然是东北作家群兴起之后所产生的、流亡到关内（主要在上海）的东北作家们的创作。这部分文学，无论在作家阵容的强大，在作品的思想内容和艺术形式上的成就，还是在对东北以至全国现代文学的贡献方面，都是，突出的，有特色的，向来为人们所瞩目、所研究。东北现代文学作为地区性文学，由于它的特殊政治、经济、历史、文化和地理条件，其特征是比较突出而明显的。

长期以来，由于多民族的发展和移民的涌入，以及经济发展比较落后，使得文化发展也比较落后。这样，封建文化的负担相对也轻一些，当现代历史开始翻开新的一页，新文化运动开始波及东北地区时，它又很快受到进步文化潮流的冲洗和冲击。所以，东北现代文学虽然起步较晚，起点较低，但是它较少旧负荷，起步就受到新文化的推动和促进，而得以比较顺利地发展。这是东北现代文学的第一个显著特色。

东北现代文学的第二个显著特色是它在"五四"影响下产生不久，很快就在左翼革命文学的影响下，朝着革命文学的正确方向发展；而且，特别要指出的是，它很早就受到中国共产党的关怀和领导，成为党领导东北人民同日本帝国主义展开殊死斗争的一翼和重要力量。

东北现代文学的第三个显著特色，现实主义是贯穿其中的主线，而且鲜明突出。这同东北地区长期饱受被侵略之苦，最早沦为殖民地，是分不开的多也与这里的人民最早起来反抗，进行有领导、有组织的英勇斗争分不开的。作家、艺术家从人民的苦难中吸取乳汁，就不可遏止地要去表现那充满生活和斗争的、呼喊的、呻吟的、奋斗的文学。生活养育了作家，生活也催逼着作家。

东北现代文学中，最有成就、最有影响、也最具特色的，仍然是"九·一八"事变之后，三十年代中期，一批流亡关内的作家新创作的作品。这就是在中国现代文学史著作中一般都会提到的"东北作家群及其作品"。

"九·一八"事变之后，东北全境迅速沦陷，这些从日寇铁蹄下逃出而流亡关内的作家们，以自己的真挚的感情；以活生生的事实，以生动具体的人物形象，反映了东北人民沦为亡国奴的痛苦和他们的生的挣扎与英勇斗争，反映了：日伪统治者的残酷和令人发指的罪行。这一切，不仅写出了东北当时的现实，而且激起了人民的仇恨和爱国情绪，同时，也道出了"不抵抗主义"将给中国带来的严重后果。东北文学成了第一声呻吟、第一声浩叹、第一声战斗的号角。这一批文学产儿的出现，对于抗日战争前夕的抗日救亡运动，起到了唤醒民众，教育人民、鼓舞人民的作用。

当然，这批作品也以其富有特色的艺术成就而引人注目。这批作品都具有粗犷、雄浑、高昂、沉郁的风格，塑造了一批来自生活、来自斗争的栩栩如生的人物形象，这在中国现代文学的人物画廊中还不曾有过。

在这批作品中，出现了多部长篇小说，其中有几部作品，可以列入中国现代文学的佳作之林而无愧色。长篇小说创作的一个首要条件，就是作家要有比较充实的生活积累和具有一定的艺术修养。对于这一批东北作家来说，他们当时还都是二十多岁的青年人，他们刚刚走上文学之路。然而，风云变幻、跌宕多姿的生活，一年两年的光阴，足以抵上平平淡淡的一、二十年时光。而当这种突发的、巨大的、震动极大的变故——社会的和家庭的、个人的，是发生在少年和青年时代，刺激就更为深沉，在感情和心灵上的震撼也更为巨大、深刻。当时萧军、萧红、舒群、白朗、端木蕻良等作家，都有着比较丰富、曲折的个人经历，他们这些个人的经历，又同整个东北人民的哀痛、同民族的灾难相通相连。当他们离家出走，投身到社会和人世的大海中之后，就更加如飘零之叶，在汹涌波涛中激荡回旋，感受着时代的痛苦、民族的灾难、人民的悲怨了。同时，这些文学青年都具有思维敏锐、情感丰富、观察力较强等创作素质，因此，大量长篇小说在东北现代文学中出现，就并非偶然了。

东北作家群，在中国现代文学的领空上，是一群闪光的星。他们构成了一个具有特色的文学流派。这个文学流派的特点是：在思想内容上的炽烈的爱国主义、反抗精神；在创作方法上的革命现实主义；在创作风格上的粗犷、雄浑、高昂、深沉；作家的真情甚至盖过初期创作的稚拙，甚至真情与稚拙融汇，更具楚楚动人的韵致。

20世纪30年代，"东北作家群"的萧红、萧军、端木蕻良、骆宾基、舒群等作家的出现使东北文学在中国大陆乃至国际上产生了深远影响。他们的创作，构建了东北现代文学"沉郁、雄健"的文本特色，展现了刚健粗犷的风格，抒写了浓郁的乡愁，取得了现代东北文学具有标志性意义的成就。中华人民共和国成立后，东北文学在"东北作家群"创作的地域特色和精神气质影响下，步入了当代。

东北作家在中华人民共和国成立后纷纷以新的姿态撰文歌颂伟大的新时代，反映现实生活中的新变化。在延安解放区创作了反映东北土地改革题材小说《江山村十日》的马加，完成了长篇小说《开不败的花朵》《双龙河》，在20世纪80年代初，他还出版了长篇小说《北国风云》，是少有的贯穿于现当代文学两个历史时段的东北作家。在中华人民共和国成立初期，产生较大影响的作品还有白朗的小说《不朽的英雄》、师田手的小说《宋振甲的心愿》等，他们都是原"东北作家群"中的一些作家。在延安时期就参加了革命并发表过文学作品的部分作家，在中华人民共和国成立后也积极创作，不少作品在当时都产生了积极的反响。

这一切不仅有力地促进了东北文学文化的建设，而且也使自延安文艺座谈会以来至第一次文代会上所倡导的文艺为工农兵服务的方针政策得到了有力的践行和良好的衔接。文学是时代的晴雨表，这一时期，东北文学最为突出的就是与时代同步的文学创作。

诗人公木在中华人民共和国成立诞生的那一天难抑激动的情怀创作了一首较长的政治抒情诗《中华人民共和国颂歌》，诗人完全被伟大的历史时刻所激动，语言充满了浓烈抒情的韵味。韶华的诗《祖国情》、马加和蔡天心的散文《我爱我的祖国》《向祖国宣誓》都倾情歌颂"在红旗照耀下的人民"，赞美着解放了的土地。与时代同步的文学创作，还有表现革命战争题材的电影。长影继《桥》之后，又相继出品了《中华儿女》《赵一曼》《钢铁战士》《白毛女》等影片，这些作品突出了文艺为工农兵服务的主导思想，也有较强的艺术性，有力地配合了新政权的思想文化建设。

20世纪50年代初，东北先于全国率先进行工业革命建设，为东北这块古老神奇的土地注入了现代化的生机。这些在当时的文学创作中都有不同程度的表现。分别在草明的小说《火车头》、高士心的小说《长白山绵绵山岭》、丁耶的诗《去串阔亲戚》等作品中得到不同程度的反映。尤其是《长白山绵绵山岭》这部作品，较早反映了初期林业工人为实现机械化作业所付出的努力与艰辛，篇幅不很长，但出现的人物不少，且都较鲜活，有一定的代表性。作者对生活观察地很细致,林区作业的场景描写的也十分细腻生动,作品充满了昂扬向上的时代精神。

十七年东北文学同整个中国文坛一样,与时代韵律共振中长足发展,革命叙事、时代颂歌、现实主义创作主潮构成了十七年当代东北文学的主调。

当代东北文学在沉寂中积蓄力量,进入新时期后,开始呈现出与新时期文学一样的魅力。"几乎所有的中国文学创作潮流都能找到它的东北版,如知青文学——以梁晓声为代表的北大荒文学;寻根文学——以郑万隆为代表的文化小说;新潮文学——以洪峰、马原为代表的形式探索派;新现实主义——以谢友鄞、于德才为代表的东北硬派小说。"① 新与旧、传统与现代、中西文化的碰撞交融,丰富了新时期东北文学的天空。而新时期的"文化寻根"与东北文学的融合所形成的地域文学创作尤其令人瞩目。

新时期东北地域文学的创作既具有东北文化博大雄浑、壮阔宏伟的风格,又集体无意识地融入了他们的原乡文化,使东北文学具有鲜明的文化融合性。许多作家的创作中呈现出带有浓郁的黑土地气息的关东风情。

进入新世纪,"全球化"由最初的经济一体化推而广之为政治、文化、文学等全方位的全球化。更多的东北作家在创作上,不仅具有东北的地域特色,更具有开阔的创作视野,具有了走向世界的可能。

---

① 贺仲明.论新时期知青小说的创作形态与文学史价值 [J].求是学刊,2011(1):103-110.

第一章　萧红及其文学作品解读

　　文化场域造就了萧红启蒙式的话语，五四运动时期文学领域的思想革命使萧红作品承载了时代话语，蕴含启蒙味道，人生经历赋予了萧红与他人截然不同的启蒙思想呈现方式，这些使得她的作品一方面承载了时代的话语，对女性弱势群体进行展现，另一方面承载启蒙传统，进行国民性思想的批判。

第一节　萧红人生经历

　　萧红，本名张乃莹，1911年6月1日出生于黑龙江省呼兰县（现呼兰区）一个乡绅地主的家庭。她的父亲张廷举是呼兰县教育界的头面人物，有浓重的封建父权意识，是一个兼有新旧两种思想的矛盾人物。萧红是五四新文化运动最早的受惠者之一，1920年，呼兰刚一开设女校，父亲就送她入学。在中学期间，她热衷于学生的爱国运动，喜欢和有思想的同学交朋友，练习写作，学习绘画。她在进步老师的影响下，接触了鲁迅等新文化先驱者的著作，阅读了世界左翼文学的作品。接受了更激进的左翼思想之后，她和父亲发生了明显的分歧，终于在婚姻的问题上爆发了激烈的冲突。

　　1930年秋，她与男友离家出走到北京，进入师大女附中读书。由于两家的经济制裁，他们在年底败退，萧红被软禁在伯父在阿城福昌号屯的张家老宅中约十个月。在九·一八事变爆发之后的混乱中，萧红在姑姑和小婶的帮助下逃回哈尔滨。经过一段饥寒交迫的流浪生活，冬天来临的时候，走投无路的她陷入未婚夫王恩甲的情感圈套，在旅馆中同居。这期间，她再度出走北京，希望恢复师大女附中的学籍，终因经济不支持而作罢，被随后赶来的王恩甲押回哈尔滨。他们在旅馆住了半年左右，欠下了数百元钱房租。未婚夫谎称回家取钱，离去后再无下落。萧红临盆在即，却身无分文，旅馆老板时时来逼债。在万般无奈的情况下，萧红投书《国际协报》，得到萧军等左翼文化人的同情和帮助，趁着发大水的混乱，逃出被囚禁的牢笼。不久，她生下一个女婴，随即送给了别人。

萧红与萧军相见后，立即坠入爱河，不久即在《东三省商报》副刊《原野》上发表二人诗歌专号，以纪念困境中的情爱，从此，萧红也以笔名"悄吟"走上文坛。除了写作之外，她还参加赈灾画展、话剧演出，为共产党的内部刊物《东北民众报》刻写钢板等。由此，她结识了更多的进步文学青年，开阔了自己的眼界。1933年萧红、萧军自费出版了他们的小说、散文合集《跋涉》，立即引起文坛注意，并从此奠定了二萧在东北文坛的地位，但不久就被查禁。

1934年6月12日，他们逃出伪满洲国，前往青岛投奔舒群。他们走后一周，朋友罗烽即在哈尔滨被捕。在青岛，萧红除了主编《新女性周刊》之外，写完了她的第一部长篇小说《生死场》。不久青岛的党组织遭到破坏。舒群全家被捕，他们又处于白色恐怖之中。在迷惘中，他们致信鲁迅先生，询问革命文学的方向。他们受到鲁迅的巨大鼓舞，立即把《生死场》手稿和《跋涉》以及两人的合影寄给了鲁迅先生。1934年11月2日，他们到达上海，度过了一段非常贫困的日子。在鲁迅的帮助下，他们结识了茅盾、胡风、聂绀弩、叶紫等左翼作家，并逐渐进入上海文坛。

由于和萧军的情感出现裂痕，萧红的身体和精神都受到了伤害。然而，更大的打击接踵而来：1936年10月19日鲁迅先生的逝世，对萧红来说，是她继祖父逝世之后感情上最沉痛的一次重创。同年底，萧军又有了外遇，并难以自拔，这对她又是一个重大打击。1937年1月9日，她返回上海，积极投入到《鲁迅纪念集》的编辑工作。在新的落寞中，她一度离家出走。

不久，七七事变、八一三事件先后爆发，萧红一面撰文愤怒控诉日本飞机轰炸上海的暴行，一面为掩护日本友人鹿地亘夫妇四处奔走，将生死置之度外。胡风主持的《七月》创刊后，萧红是主要撰稿人之一，并因此结识了东北作家端木蕻良。由于政治形势的恶化，萧红、萧军和《七月》随着抗战文艺运动的中心先后转移到武汉。她在投身抗日活动的间隙中，开始写作《呼兰河传》。

1938年4月，情变之后的萧红和端木蕻良一起回到了武汉，组成新的家庭。当时，萧红已经怀有四个月的身孕。夏天，日军开始向武汉包围，人们纷纷向重庆撤退。由于船票紧张，萧红让端木蕻良先去重庆。萧红到达重庆之后，已近临产期。她住到江津的罗烽家，一个多月后，萧红在江津唯一的小医院里生下一个男婴，但他很快死去。1939年夏天，萧红来到在北碚复旦大学担任教授的端木蕻良身边，在复旦文摘社的宿舍里，完成了散文《回忆鲁迅先生》等一批文章。1940年1月19日，萧红和端木蕻良悄然飞抵香港。在人生的最后两年中，萧红又重新活跃起来。一方面她积极参加各种抗日文化活动，另一方面还完成了长篇小说《呼兰河传》，中篇《小城三月》，短篇《北中国》《后花园》，哑剧《民族魂鲁迅》，以及长篇讽刺小说《马伯乐》（未完成）等。

1941年12月8日，太平洋战争爆发。在战乱中，萧红东躲西藏，病情加重，与端木蕻良也反目为仇。在生命的最后日子里，她和临时来护理她的青年作家骆宾基，在倾心的诉说中，再一次燃起了对爱情和生活的希望。但是，日军占领香港后，由于庸医的误诊，萧红于1942年1月22日病逝，年仅31岁。

第二节　萧红文学作品中的家园眷恋

一、现实的批判与"家园"的解构

（一）物质贫困导致的畸形人格

贫穷与落后如同一对双生子，总是如影随形。民国时期，在中国东北的农村，由于生产力的落后、生存环境的闭塞，再加上统治者的愚民政策。这里的人们显得愚昧、迷信、素质低下。贫困不仅使他们的视野狭促，更使他们的人格委顿。"在乡村，人和动物一起忙着生，忙着死……"[①] 人在死亡线上挣扎着，生命的价值也仅仅是为求一餐饱饭而已。这样的生存方式使人的社会属性不断削弱。人和其他动物一样，"活着"成了目标，而非过程。如此，道德、伦理、情感都要让位于生存。暴力、野蛮的行为也就随之而来。

萧红从小就生长于这样的环境下，她深谙农民艰难的处境，对此也怀着无限的关怀与同情。但是面对赤贫所导致的人的"畸变"，萧红则是以"哀其不幸怒其不争"的心态揭示其畸形的人格，对这种人格导致的种种荒谬、残忍的行为进行了深刻的批判。如《生死场》中，极端困苦的农民们视家畜为自己的命根子。二里半在妻儿被日军残杀后，决心参加抗日队伍，但仍然放不下他的山羊，妻子的死都不曾引起他如此强烈的反映。作者越是渲染二里半对山羊的恋恋不舍，越是反衬出他对家人的漠视。同样，王婆的孩子摔在铁犁上死

---

① 萧红. 呼兰河传[M]. 北京：商务印书馆，2015：287.

了；王婆甚至连伤心的功夫都没有。"起先我心也觉得发颤，可是我一看见麦田在我眼前时，我一点都不后悔，我一滴眼泪都没淌下。"① 亲生骨肉的价值甚至不如几亩麦子。由于生活的重压，农民推行的是极端的实用主义，家庭成员也不过是生产的工具而已。在贫困的压榨下，人性正逐渐蜕变成了为生存而不顾一切的兽性。

(二) 落后文化导致的精神残缺

贫穷导致情感的缺失、人性的麻木。封闭的环境、腐朽的思想对社会的悲剧更是起了推波助澜的作用。萧红生长于旧中国，她对封建文化的余毒、民族的劣根性深有体会。在作品中，萧红对传统文化中的腐朽成分，以及这种腐朽文化所导致的民族的病态性格做了全面的揭露和深刻的批判。值得一提的是，萧红在创作过程中因为性别意识的因素，把目光更多集中在女性的悲剧命运上。她的作品真实地展现了一幕幕农村女性的生命悲剧。

《呼兰河传》第五章是全书最精彩的部分。萧红以凄婉、悲愤的笔调描述了一个少女的悲剧。胡家的小团圆媳妇是一个健康、纯朴的少女，整天乐呵呵的。但深受传统思想的胡家和其他邻居都认为她"不像个团圆媳妇了。"② 因为小团圆媳妇朴实大方、自然率真，"头一天来到婆家，吃饭就吃三碗""走起路来，走得风快"③ 这显然不符合封建文化中对女性含蓄、恭顺、谦卑克己的要求。为了使小团圆媳妇守"规矩"，胡家对她进行了毒打。这也是封建文化所准许的，因为"夫为妻纲"，夫家教训儿媳在乡邻们看来是天经地义的事情，以至于认为"早就该打的"。小团圆媳妇被打出了病，胡家做的不是求医问诊，而是驱鬼跳神。封建迷信不仅耽误她的病情，更是直接扼杀了一个年轻的生命。小团圆媳妇的悲剧固然令人叹惋，更令人痛心的是周围环境的腐朽、僵化。胡家也好，邻人也罢，根本没意识到自身野蛮、专制的思想是错误的。千百年来流传的封建文化信条似乎成了颠扑不破的真理，以至于所有人都认为问题出在小团圆媳妇身上。他们要一个身心健康的女子去适应陈腐、病态的文化。也就是这种陈腐、病态的文化扭曲了人性，并不断制造着新的悲剧。

---

① 萧红. 萧红精选集 [M]. 北京：燕山出版社，2006：19.
② 萧红. 呼兰河传 [M]. 北京：开明出版社，2018：71.
③ 萧红. 萧红精选集 [M]. 北京：燕山出版社，2006：224.

二、理想家园的构建

（一）温馨和睦的家庭

萧红于 1941 年创作了短篇小说《小城三月》。与以往的作品不同的是，《小城三月》尽管继承了以往批判的笔调，但批判的矛头却不是封建家庭。相反，《小城三月》的家庭被萧红描绘得温馨、和睦、其乐融融。"我们家算是最开通的了""我家里一切都是很随便的，逛公园，正月十五看花灯，都是不分男女，一齐去"① 这显然不是实情，否则萧红何以离家出走？事实上，萧红在写作《小城三月》时，身体已是每况愈下，病中的萧红更加怀念故乡。思乡的情结淡化了她对父母的怨恨，对旧时记忆的美化也就不知不觉流出笔端。其实，与其说萧红美化了她的家庭，倒不如说她在《小城三月》中塑造了一个合乎她理想的家庭模式。

萧红理想中的家庭应当是生命坚实的后盾，是温暖与爱的港湾。《呼兰河传》中的冯歪嘴子，妻子死了，留下两个幼小的孩子，一家三口就住在稻草堆成的床上。生活如此艰难，冯歪嘴子自然愁苦，但为了孩子，他必须坚强起来，亲情成为他生活的动力。"他虽然也常常满满含着眼泪，但他一看见他的大儿子会拉着小驴饮水了，他就立即把那含着眼泪的眼睛笑了起来"。② 冯歪嘴子尽管饱受生活的艰辛，但享受着做父亲的乐趣。天伦之乐减轻了他心头的重担；孩子的成长让他看到了未来与希望。在萧红看来，父母对子女不仅应尽抚养之责，更应该充满舐犊之情。萧红从小就缺乏父母的关怀，这就更坚定了她对爱、对家的信仰：家应当是充满爱与温馨的。

萧红理想中的家庭还应当是宽容、平等的乐园。长辈对于晚辈不应当只是约束与管教，还应当有理解与自由。正如《小城三月》所写"总之在我们家里，兄弟姊妹，一律相待，有好玩的就一齐玩，有好看的就一齐去看。"③ 不仅男女之间是平等的，父母对于子女也提供了宽松的家庭氛围。家是和谐的，是快乐的。萧红自己没有这样的家庭，但她将自己的所见所感融入文学创作。

在《回忆鲁迅先生》一文中，萧红记叙了这样一件事情：一次年幼的周海婴吃饭时吵着说鱼丸不新鲜，家人都没理会。只有鲁迅先生拿来一尝，果然不新鲜。鲁迅先生说："他说不新鲜，一定也有他的道理，不加以查看就抹杀

---

① 萧红. 小城三月 [M]. 哈尔滨：北方文艺出版社，2018：353.
② 萧红. 呼兰河传 [M]. 南昌：江西美术出版社，2018：180.
③ 萧红. 旷野的呼喊 小城三月 [M]. 沈阳：万卷出版公司，2015：150.

是不对的"①。这种平等相待、推己及人的态度，正是萧红长辈所缺乏的。萧红对鲁迅先生极其敬重，不仅仅是敬重他的才华与思想，更是把鲁迅当作理想中的长辈；鲁迅的家庭就是萧红理想中的家庭。

(二) 自足而平凡的爱情

爱情是萧红的无言之伤，无论是萧军还是端木蕻良，都不是她生命中理想的港湾。经历了几番感情的挫败，萧红的内心变得脆弱、敏感，这使得她在爱情面前不由自主地产生自我保护的欲望，甚至表现为对男性的不信任。萧红认为，当女性表现为独立自主的时候，她的生活往往比较稳固；相反，如果相信爱情，依靠男人，反而有可能被生活抛弃。

比如《生死场》中的王婆与月英，两人恰是一对相反的例证。王婆嫁过三任丈夫。第一任丈夫打她时，她带着一双儿女毅然改嫁；第二任丈夫死后，她又嫁给了赵三。按照传统观念，王婆是一个失德的女人，但这也反衬出王婆独立的性格以及对命运的反抗。婚姻的挫折使王婆不再相信男人，这使她坚定了依靠自己的决心。王婆有着鲜明的自我意识，而月英则显得顺从、沉溺于爱情的幻想。然而生活对她的打击是无情的。当月英患了瘫病以后，她的丈夫就嫌弃她，打骂她，甚至连被子都不给她盖，以致月英最后凄苦、悲凉地死去。萧红通过月英悲惨的命运再次说明了爱情不可靠，男人更不可靠！而王婆怀着坚毅、独立的心态，不仅活了下来，而且思想境界不断提高，最终参加了抗日的队伍。萧红并非排斥爱情，而是反对人们把爱情当作生活的全部。尤其是女性，为了爱情而委曲求全，牺牲个性，成为男人的附庸，家庭的附庸；这是萧红最不赞成的。

尽管如此，人都有追求幸福的美好愿望。幸福的生活也包含爱情的圆满。萧红同样也期盼着她心目中理想的爱情。尤其是在她生命的末期，也就是困居香港的那段时间，亲朋流散，茕茕孑立，此时的萧红渴望着爱与温暖。她先后写下《后花园》《小城三月》两篇小说，既是对过往的追忆，也含蓄地表达出自己的爱情理想。暗恋固然浪漫，却往往以悲剧告终。《后花园》中冯二成子最后与王寡妇相互扶持，相伴终老，可见稳定、实际的情感才是萧红心目中理想的归宿。

(三) 富强、文明的社会

萧红一生都未走出家乡的影子，从她的大多数小说中，读者都能找到呼兰

---

① 萧红.商市街[M].哈尔滨：北方文艺出版社，2018：328.

小城的形象。萧红关心她的家乡，因为太爱，所以对那里的愚昧、麻木深感忧虑。在作品中，她虽未直接描述一个她理想中的光明社会，但是通过她对丑恶的揭露、黑暗的批判，人们仍可以勾勒出她心中向往的、美好的社会图景。

萧红所处的年代，内战频频，外敌入侵，国家独立都实现不了，更不用说人民生活富足。萧红所期盼的，首先是一个有着独立主权的国家，一个和平、稳定的社会环境。她在《给流亡异地的东北同胞书》中写道"我们应该献身给祖国作前卫工作，就如我们应该把失地收复一样，这是我们的命运"①。对于抗战，萧红身体力行。她用文章鼓舞起人民对抗外敌的勇气。

在短篇小说《北中国》中，原本头脑顽固的耿大先生在儿子牺牲后也逐渐醒悟并称儿子为"抗日英雄"。在民族生死存亡的关头，没有人可以置身事外。只有实现了国家的独立、安定，人民才能免除外族的奴役，有一个安居乐业的环境。当然，仅仅是满足民族独立是不够的，人民还应当享有富足的物质生活。在萧红看来，贫穷导致冷漠，激发兽性，是一切罪恶的渊薮。

正如《生死场》所写"农家无论是菜棵，或是一株茅草也要超过人的价值"②。亲情天伦居然比不上农作物，这是人性的沦落。但对于赤贫状态下的农民，他们也别无选择。只有解决了温饱，满足了生存需要。人们对生活才会有更高的要求；才会在意自己的精神与情感。

萧红心中的理想社会，不仅是物质的丰富，还应当有思想的启蒙。思想启蒙可以使人们的思想开化，扫除封建文化残余，有助于改善妇女的处境与地位。

萧红继承了鲁迅先生对于传统文化的反思与批判，她在《呼兰河传》中揭露"看客"心态："说拆墙的有，说种树的有，若说用土把泥坑来填平的，一个人也没有"③尽管路上的大泥坑给居民的生活带来诸多不便，但因为有热闹可看，谁都不真心想解决问题。把别人的痛苦当作生活的"乐趣"加以赏玩，借以安慰贫乏、单调的生活，这是萧红着重批判的国人的劣根性。她希望通过思想的启蒙唤起人们的良知；唤起他们麻木的灵魂。她理想中的社会，人们应当是有思想觉悟的，应当是热情厚道、互相帮助。作为进步的女作家，萧红还特别关注女性问题。"母亲也不是穷人，也不是老人，也不是孩子，怎么也怕起父亲来呢？我到邻家去看看，邻家的女人也是怕男人。我到舅家去，舅母也是怕舅父。"④ 女性从属于男性，这是千百年来根深蒂固的纲常伦理，这

---

① 萧红. 回望萧红 萧红书信日记选 红尘一梦弹指间 [M]. 扬州：广陵书社，2020：127.
② 萧红. 生死场 [M]. 北京：煤炭工业出版社，2018：18.
③ 萧红. 呼兰河传 [M]. 长春：吉林出版集团有限责任公司，2009：9.
④ 萧红. 商市街 [M]. 哈尔滨：北方文艺出版社，2018：81.

也导致女性的命运无法由她们自己掌控。萧红追求的是一个男女平等的社会，她希望以尊重女性的现代文明代替落后、偏颇的传统女性观。女性不仅要有独立的人格、思想，而且可以像男性一样享有一定社会权利。

第三节　萧红文学作品中的女性意识

一、萧红文学作品中女性意识的表现

（一）生育中的女人

从生理角度来看，生育是女性独有的经验，男性并不能够感同身受，在实际生育期间，女性会有较强烈的痛苦感，但同时又会伴随着幸福感。而在萧红的小说当中，作家所塑造的女性人物在生育期间，仅仅有痛苦感，没有新生命为母亲所带来的幸福感，作家描述生育如同动物繁殖一般盲目。在萧红部分作品当中，真实的描写了女性生育场面，为世人展现了萧红所关注的重点内容，同时，萧红却并没有向世人展示出生育所为母亲带来的幸福感，而是加重描写了生育的艰难与痛苦，甚至是死亡。这些悲剧，不仅仅将生育本身所带给女性的痛苦与生死所描述出来，更是展示出来外界对于女性生育的压力与摧残。同时，在此当中更是展现出来了作者自身的生育体验，展示出来作者对于女性角色的思考。面对这些悲惨遭遇，女性最终很难逃脱死亡的命运。由此可见，萧红的一生很是悲观。

死亡是萧红作品当中的大部分女性人物的结局，充分展示出来女性在封建主义当中的宿命。如：《王阿嫂的死》作品当中，就充分讲述了王阿嫂刚失去了丈夫，身怀六甲依然需要继续干活。当王阿嫂即将临产时，地主还找借口狠狠踢了王阿嫂一脚，导致王阿嫂早产，并且产后死亡，向世人展示了女人的无奈和辛酸。再如：在《生死场》这一作品当中，萧红也重点描述了女性生育场景，通过描写麻面婆与五姑姑的姐姐生育情况，再次向世人描写了女性生育的艰难与痛苦，同时描写了男性在面对女性生产时的冷漠反应。在萧红的众多作品当中，用辛酸、含泪的语言，将封建时代妇女的悲惨遭遇描述出来，在作家萧红看来，女性生育同动物生崽相似，女性没有任何的尊严可见，更是没有一点幸福感的体验。而萧红在创作时，为何频频描写女性生育的场面，不仅同萧红自身经历有关，更是希望以此来向世人展示女性生育的艰难，描写女性的

悲惨遭遇，以此激发女性的反抗意识。

在小说《弃儿》当中，萧红还描写了另一种生育困难情景，即经济拮据。小说当中的男女主人公因经济困难，在有了孩子之后，无能力抚养，无奈将孩子送与他人。在文章当中，作者才用了多种形式，来描写生活的辛酸与困难，充分展示了年轻夫妇的悲惨生活，同时也表达出了夫妻二人在失去孩子之后的悲痛感，充分展现出来作者的境遇。

（二）婚姻中的女人

大部分女性认为爱情与婚姻等同于生命，认为爱情与婚姻在一生当中十分重要。在旧时代当中，爱情与婚姻不仅仅是女性群体认识生存环境的根本，更是女性认识时代的关键。在萧红的作品当中，作者经常描写女性追求爱情与婚姻的失败案例。让人们也感受到萧红想要表达的思想意识，认识到真正的爱情如何珍贵难寻。另外，萧红在作品当中，还将婚姻比作牢笼，女性一旦进入到牢笼当中，就会成为男性的奴隶，没有自由可言。在小说中，作者发表了自己对于婚姻的认识，对于爱情、婚姻的理解，描写了爱情与婚姻对女性的残骸与欺骗。萧红的作品当中，不仅仅是受到个人经历的影响，更是受到社会背景的影响。由此可见，萧红是因为自身经历等原因，对于婚姻已经不抱任何的希望，这种失望的态度对于文学作品创作自然产生了极大影响。

《小城三月》是一个爱情悲剧故事，翠姨向往着单纯美好的爱情，但是因为自身和堂哥地位的悬殊，导致二人不能过相守。翠姨努力想要追求幸福，但是在封建礼教的影响下，翠姨更是明白她想要追求的爱情没有任何结果，她也始终没有踏出雷池一步，只能够苦苦压抑着自己的内心。在当时时代背景下，女人自身并没有爱情，只能够遵循父母之命、媒妁之言，翠姨最终抑郁而死，她的结局就是表达出来对于封建家长制和封建包办婚姻的控诉。再如：在《生死场》小说当中，金枝幻想着美好的爱情，希望自己能够过上幸福的生活。但是在现实当中，却用自己的一生阐述了女性对于爱情的奢望。在婚后，金枝才发现生活当中仅仅存在性，而丈夫也只是把她当作生育的工具，并没有任何的爱情而言。对于任何一个没有自主意识的女性来讲，她已经陷入到了家庭牢笼当中，并且没有办法逃离婚姻的牢笼，婚姻已经没有甜蜜与幸福。

二、萧红文学作品中对女性悲剧根源的揭示

在萧红作品中，她以大量生动、鲜活的日常生活片段，展示出中国女性最直接最经常的痛苦就是被男性奴役迫害，成为男人的奴隶。男权中心社会赋予任何一个男人统治压迫女人的天生权力，不论这个男人本身在社会中的地位如

何，他总能有机会去奴役女人。如《生死场》中的成业，对金枝是那样的野蛮粗暴，只被本能支使着把金枝当作发泄原始冲动的对象，金枝的病弱与恐惧，他完全不关心，金枝与他结婚后，从早忙到晚，挺着大肚子干这干那，成业还时常骂她是懒老婆。金枝生下女儿后，他更加烦躁，每天带着怒气回家，又是吵又是骂，认为妻子女儿拖累得他连做强盗都没有机会。都是败家鬼、讨厌鬼，并扬言要把她们一块卖掉，最后竟残暴地将出生才一个月的小金枝摔死。金枝后来当了寡妇，到哈尔滨去谋生时，又受尽了其他男人的欺凌侮辱，在尝遍种种身为女性的辛酸以后，金枝终于发出了这样的诅咒："从前恨男人，现在恨小日本子"①。金枝是个没文化的乡下女人，她不懂多少大道理，她只是从自己的切身经历感受到，男人才是女人不幸的根源，她恨男人，甚至超过了恨小日本，因为她的痛苦和灾难始于她和成业在河边野合以后。日本人来以前，她的悲剧就已经无法避免了，日本侵略者来了只是加重了她的灾难而已，使她无法逃脱其他男人的凌辱。还有那个丑陋笨拙的麻面婆，她的丈夫二里半窝窝囊囊，没有一点男人气，在人前人后都低眉顺眼，和村人发生冲突时，他总是以败逃告终，可就是这样一个卑微无能的男人，也经常骂老婆是混蛋、糊涂虫。《生死场》里的许多男人本身就是奴隶，但女人又是他们的奴隶。金枝、月英、王姑娘的姐姐、麻面婆、李二婶等每天面临的苦难，主要是来自男人的奴役与伤害，使她们整天生活在地狱般的深渊之中。在萧红看来，女人一生下来就注定了悲剧命运，这是千百年来男权文化统治的结果。在男权中心社会中，男人的权威，女人的卑下是无处不在的，甚至体现在庙中神像的塑造上和人们对男女神像截然不同的态度中。

《呼兰河传》中小团圆媳妇的婆婆并不是一个所谓的恶婆婆，她只不过是按照传统的老规矩办事。在她看来，团圆媳妇不一天打八次，骂三场，是不会变成好人的。为此她不得不狠狠骂，打出毛病以后，这个平时舍不得吃舍不得喝的婆婆却舍得花大钱去请跳大神的巫医来为小团圆媳妇治病驱鬼。婆婆本意上来说是要为她好，为了给她治病婆婆家最终破了产，但结果却是把她送到死路上去。呼兰城人，尤其是女人们对此都是异口同声地："说早就该打，哪有那样的团圆媳妇一点也不害羞，坐在那儿坐得笔直，走起路来，走得风快"②。她们不仅认为婆婆家打小团圆媳妇是理所当然，而且踊跃狂热地去参与到摧残小团圆媳妇的行列中去。

这就是萧红笔下的麻木、愚昧的女人们，她们本性善良，并不想害人，但

---

① 萧红．生死场［M］．北京：煤炭工业出版社，2018：67．
② 萧红．呼兰河传［M］．北京：中国青年出版社，2008：118．

在封建思想的毒害下，她们都变得如此残忍冷酷，她们不能容忍任何一个无意识或有意识地违背了几千年传统习惯的人们活在世上，必欲置之死地而后快。她们的心已经死了，没有爱憎，没有活力，没有感情没有人性，谁要有点人样，她们就把她看作异类，必定要群起而攻之。对小团圆媳妇是这样，对待王大姑娘也是这样。男权社会就是用这样一种杀人不见血的方式，把一个又一个女人摧残虐杀而死。萧红的深刻与清醒就在于，她并没有写一个罪大恶极的人来与女人作对，她也没有写一个女人如何狠毒残忍，她写的只是中国社会中最常见最普通的女人，然而正是这些女人与封建意识一起构成了一个看不见摸不着的人吃人的大网，任何一个女人都是被吃者，同时又是吃人者，她们在这个网中自吃、互吃、被吃，完全处于一种麻木、混沌孤立、盲目的状态中，不知道谁是敌人，谁是债主，直到大家都一起落入到万劫不复的非人深渊里，永远不见天日。

　　在萧红的最后一篇小说《小城三月》里，更渗透着萧红对女性自身弱点的深刻反思。翠姨作为一个温婉内向的女性，她身上体现了种种男权意识、男性审美规范对她的塑造与约束。她的贤淑、文雅、宁静、平和，都符合男人对女人的要求，她的沉默、内向、紧闭心扉更是封建礼教长期禁锢的结果。她认为自己是改嫁寡妇的女儿，低人一等，不可能去爱在哈尔滨读书的洋学生，可对家中给她包办的又矮又小的未婚夫又不满意，不愿出嫁，但又从不表露心迹，只是借故推托时日，直到最后忧郁压抑而死。翠姨的悲剧是社会的历史的悲剧，也是个人的性格的悲剧，封建礼教已经把她变成了蜡美人，她不敢有七情六欲，更不敢越雷池一步，只有拼命地压抑摧残自己以求速死，这是多么的可怜可悲啊！人们直到她死去，也不知道她是为什么死的，她宁肯把内心的秘密带到坟墓里去，也绝不肯也不敢说出来。难道有什么比死的力量更可怕吗？有，这就是封建礼教的力量，它让一个女人到死都不敢说出自己心里的话，只能怯懦地甘愿作封建礼教的殉葬品。而她的这种怯懦软弱隐忍正是封建传统礼教长期毒化的结果，在这种毒化下，女人都心甘情愿地听任命运摆布，不敢也不会争得做人的权力，这样的女人，怎能不成为悲剧的主人公呢？

　　萧红不仅通过自己的创作深刻揭示了女性悲剧的根源，而且从自己一生的坎坷命运中，从个人惨痛的生命体验里，对女性自身的弱点进行了深入开掘。她说：

　　　　我是个女性。女性的天空是低的，羽翼是稀薄的，而身边的累赘又是笨重的！而且多么讨厌呵，女性有着过多的自我牺牲精神。这不是勇敢，倒是怯懦，是在长期的无助的牺牲状态中养成的自甘牺牲的惰性。我知道，可是我还免不了想：我算什么呢？屈辱算什么呢？灾难算什么呢？甚至死算什么呢？我不明白，我究竟是一个人还是两个，是这样想的是我呢？还是那样想的是。不错，我要飞，但同时觉得我会掉下来。①

千百年来，传统文化、社会心理总是以种种所谓的传统美德来要求女人，让女人们个个忍辱负重、任劳任怨、勤劳善良、宽容无私、牺牲奉献等等，仿佛中华民族的传统美德都集女人于一身，似乎把女人看得无比光荣。其实，这正是男权文化男权社会给女人设置的温柔陷阱，让女人都去满足于当一个具有传统美德的女人，而忘记了忽视了自己的人格与价值，而这也正是造成无数女人悲剧的根源所在。包括萧红自己也是如此。她想飞，但她又缺乏自信，总是担心自己会掉下来了；她明明知道女性的自我牺牲精神是一种怯懦的惰性，但她却总是难以从这种惰性中挣脱出来，一次又一次地被自己的牺牲精神所累；她清楚女人身边的累赘是笨重的，女性的羽翼是稀薄的，可她又不能彻底地摆脱身上的重负，作振翅的高飞！这是萧红对自身弱点的清醒反省，也是她带给人们的深刻启迪。

第四节　萧红文学作品体现的民族反省心路

一、生死场

《生死场》最初是以"抗日小说"的名义进入文坛，萧红亦是以流亡者和抗敌前沿代言人的特殊身份引起世人瞩目的。这当然与这部作品发表时的时代背景有关。这本书自出版后享誉不衰，而且很受读者的欢迎，对20世纪30年代中国社会也有着相当的影响。而另一方面，《生死场》的巨大成功，却影响了人们对萧红思想的全面理解。

在乡村，人和动物一起忙着生，忙着死……②

这是一句足以概括《生死场》真正主题的话，它丰富的言外之意足以使这部小说跨越其中的时空界限，推及整个有生命存在的世界。萧红是从"生"与"死"这个人生根本问题上来观察和反映农民生活的。然而这生与死又有着丰富的内涵：首先在人与动物生命活动互为背景审美思考中揭示了普通中国

---

① 萧红. 萧红文集 3 [M]. 合肥：安徽文艺出版社，1997：410-411.
② 萧红. 萧红小说全集 [M]. 长春：时代文艺出版社，1996：403.

人的麻木精神状态及其空寂无聊、几乎被一种本能的自虐行为和心理促动而形成的毫无价值的人生过程。她不仅写出了像动物一样被原始梦幻支配着的人的生命活动，而且也写出了像动物一样盲目而又惊惧地面对死亡的麻木、沉寂和怯弱的病态人生。在愚昧、麻木的生存状态下，农民成了从出生就走向死亡的自然群体。他们活着，却从未打量过"活着"本身；他们将要死亡，却从不追问生命的限度。

尽管《生死场》写出了民间的力量在民族救亡图存中的作用，但是，因为萧红并不熟悉实际的抗日斗争，实际生活体验的缺乏，极大地局限了小说的叙事。因而，从整部小说来看，有关抗战的内容确实描写得很薄弱，它与全文一贯的基调反差较大，没能留给读者一个满意的结局，显得有些突兀和力不从心。从分量上看，前半部分占全书的三分之二，如若简单地把它看成是准备日寇出场的序幕，是一个主题的孕育过程，那是不对的。萧红之所以在小说中加入抗日的场景，这可能与当时的一些具体情况有关。当萧红与萧军逃离哈尔滨之后，两人都非常渴望知道故乡的消息，而将想象驰骋于故乡。在思想上，萧红或多或少受到了萧军的影响。当她以逃离故乡的切身体验来认识"满洲国"统治下的现实，来继续创作《生死场》的时候，她政治上的觉悟就不由自主地会流露在作品中。

二、呼兰河传

在《呼兰河传》的尾声里，作者曾说明了创作意图：

> 我所写的并没有什么优美的故事，只因它充满我幼年的记忆，忘却不了，难以忘却，就记在这里了。[①]

尽管《呼兰河传》取材于作者童年时代的生活，着力表现的却是传统的旧生活造成群众的愚昧，由愚昧酿成的生活悲剧，以及历史惰力和现实停滞所造成的东北生命力和东北精神的萎缩与退化，真实的描绘中贯穿着萧红对劳动人民不幸命运的深切关注的主题。萧红对东北生命力负面价值的揭示和对具有普泛意义的"国民性"主题的批判性描绘，表示她不是一般性表现民族痼疾和国民性的弱点，而是将"国民性问题"作为宏大背景来具体地思考和揭示东北生命力的萎缩与传统、与现实生存方式、与地域和文化的关系。萧红是站在五四新文学个性主义、人道主义的历史起点上重新反思"国民性"的文化课题，在民族危亡的历史时刻，敏锐地抓住造成民族危难内在因素的主体障

---

① 萧红. 萧红小说全集 [M]. 长春：时代文艺出版社，1996：497.

碍，把自己的触角伸向社会历史深处。在愚民文化和封建统治的特定历史环境中，挖掘出一再阻碍社会前进的病态心理，刺痛、惊醒民族意识的复苏、觉醒，以独特的思考为这个古老的民族开出一条反省的心路，从而衔接了五四以来新文化发展的恢宏气度，而获得了现代文化思想的历史深度。

与《呼兰河传》先后出现在中国文坛上的许多作品，几乎都有意无意地表现出这一方面的指向。与萧红创作《呼兰河传》差不多同时，在"孤岛"上海，巴金创作了《秋》，此外还有国统区作家张天翼的《华威先生》、沙汀的《还乡记》、曹禺的《原野》、解放区姚雪垠的《牛全德与红萝卜》《差半车麦秸》、丁玲的《在医院中》、七月派作家路翎的《财主的儿女》、京派作家老舍的《四世同堂》，都是在民族危难时期从不同角度、不同侧面对民族的劣根性、理障碍及文化重负等社会意识进行全面挖掘的文学思考，是五四时期人的解放的文学主题在更高层次上的发展。萧红的《呼兰河传》与这一思考背景隐蔽得很深的时代文艺思潮是一致的。所不同的是她的作品在这方面表现得更为鲜明，她植根于人物的生存环境、文化底蕴之中，注意挖掘人物和生成她们的环境、文化、传统的关系，让历史的真实颤动在她所表现的整个世界里，因此也就更带有东北作家的独特个性。

三、马伯乐

《马伯乐》是萧红在救亡成为占据主流位置的意识形态话语下，从边缘地带对国人生存方式的思索与审视，但《马伯乐》绝不是单纯地提供一个可供讽刺、批评的人生范式，在作品的背后还隐藏着萧红对自我人生反思后发自心灵深处的沉重而无奈的叹息。萧红自身在战争经验中深切地体会到了生命的扭曲、人性的黑暗力量和命运的虚无与不可知，她借助对人物内在生命的虚妄、苍白的披露来透视这种逃避之生存的无意义，来理解生命的真谛、思考生活的意义，从而挖掘出现代人生存境遇的尴尬、精神的空虚、生命乃至存在的无意义以至虚妄。这种潜藏在作品中关于人类精神生活的思索，隐含了萧红的自我人生价值取向。所有这些，无疑包含了萧红自己作为女性和弱者在战争暴力下的痛苦经验。

《马伯乐》可以说在萧红的创作中是旁出一枝的，但在基本创作风格上仍与萧红其他作品有着内在一致性的地方。半封建半殖民地的中国社会造就了这样一些人格分裂的畸形儿，鲁迅笔下的阿Q是辛亥革命时期农村这样一种人的典型，萧红的马伯乐是抗战初期小知识分子中这样一种人的典型。相对《生死场》《呼兰河传》，《马伯乐》融入了更多的作家自我实现人生的体验，而且对其生命存在、人生意义的思索和探寻也更富哲理性意味。萧红在《生死场》《呼兰河传》中回望遥远、闭塞、落后的故乡，展示的是一种停止、安于现状的人生状态。在《马伯乐》中，她则将目光投向更为广阔的现代社会人生，显示了一种无法安顿于现实又无力改变现实的逃避的人生状态，从另一个角度补充、丰富了萧红所追求的精神审美主题。

第二章　端木蕻良及其文学作品解读

端木蕻良是我国现代文学史上最具个性的作家之一，其个性化的特点不仅体现在为人处事上，还体现在文学作品创作的过程中。本章即在简要介绍端木蕻良人生经历的基础上，对其小说语体的诗歌形态以及文学作品中的生命冥想、忧患意识与爱国情怀进行分析。

第一节　端木蕻良人生经历

端木蕻良，原名曹京平、曹汉文，1912年9月25日生于辽宁省昌图县鹭鹭树乡。1923年考入天津汇文中学，开始接受新文化启蒙。一年后因家境困难辍学回家乡自学。1928年再次考入天津南开中学。1932年考入清华大学历史系。1935年底带病参加"一二·九"运动。1936年初到上海，在鲁迅、茅盾、王统照等前辈热情关怀下，发表反映沦陷中东北人民苦难生活和奋起反抗的一些小说，引起强烈反响，得到高度评价，成为20世纪30年代中期崛起的有独特风格的新文学作家。

1937年7月以后，端木蕻良先后在上海、武汉、临汾、西安等地投身抗日救亡活动，曾在山西民族革命大学任教。1938年5月，在武汉与女作家萧红结婚。1940年初，与萧红到香港。翌年创办《时代文学》。1942年，萧红病故香港。抗战胜利后，曾在武汉《大刚报》编副刊《大江》，1948年到上海，创办《求是》月刊。1949年8月到北京，1952年加入中国共产党，曾任北京市文联副秘书长等职。1960年3月，与钟耀群结婚。在近70年的创作生涯中，端木蕻良写下了千余万字的作品，在小说、散文、诗词、戏剧、红学、书法、绘画和文学理论等领域都有杰出的贡献。端木蕻良是一位学者型的作家，而且从来都是一名文化战线的战士，自觉听众社会召唤，努力创作时代的史诗。端木蕻良一生淡泊名利，正直无私。他在文学创作和理论上，敢于探索和创新，形成自己独树一帜的风格。

1996年10月1日，端木蕻良因病医治无效在北京逝世，享年84岁。

第二节　端木蕻良小说语体的诗歌形态

一、端木蕻良的浪漫气质

黑格尔指出："诗适合美的一切类型，能贯穿到一切类型里去。因为诗所特有的因素是创造的想象，而创造的想象对于每一种美都是必要的。"[①]　可见，小说也需要诗情的灌注，小说家也应该具有诗人的气质。在中国现代文学史上，端木蕻良是位不折不扣的小说家，但却常常被称为诗人。著名诗人艾青称他为"科尔沁草原的诗人"，著名文学批评家巴人则称他为"拜伦式的诗人"。

事实证明，端木蕻良的确是一个具有浪漫气质的作家，是东北大地上一位浪漫的行吟诗人。他自己也承认，在他的性格本质上有一种"繁华的热情"。这里的"繁华的热情"正是一种浪漫气质文学语言的最基本最主要的元素。他的夫人钟耀群女士也肯定端木蕻良具有"一种浓郁的浪漫气息"，这不仅说得更为明确，而且也堪称知人之论。研究者在他那些自我表白的语言和他人的论述文字中，特别是在他小说的语言中便能体味到他浓烈的浪漫气息。他浪漫的文学语言表明了他具有浪漫的诗意心灵。他说："我也曾徜徉过旖旎的春梦；我也曾凭吊过落叶的秋思。我也曾在夜莺的口液里尝到了天上的美酒，我也曾在鸣枭的眼中看到了人世的悲哀。呵！心的痛，灵的创。好，我把你们张罗到一起，赋予这最后的霞辉。"[②]　这种浓艳凄美的情绪曾主宰着他的心境。他追求浪漫的情调，愿意一个人到冰天雪地的北国冰场上去溜冰；愿意一个人到碧草如丝的南国公园的草地上去看天上的云。在清华读书时，他一个人在月夜沿着河边走，"月光、树影、涟漪、草丛、虫声"与他为伴，他体验着曼妙的诗情；在上海写作时，也常到附近静安寺坟山里去徘徊，在荒坟野冢中去寻找荒凉寂寞的情趣。这另类的举动和浪漫的叙述语言无不透露出一种浪漫情怀。他的行为往往也是浪漫的，他常常穿着奇装异服，模样很像现在时尚青年。他与萧红的结合，更是十分浪漫的行动。

[①]　[德] 黑格尔. 美学 第1卷 [M]. 北京：人民文学出版社，1982：114.
[②]　端木蕻良. 端木蕻良文集 6 [M]. 北京：北京出版社，2009：315.

端木蕻良是一个具有浪漫气质的诗人,且远在开始小说创作之前,就已经接近了浪漫主义。这样,他歌唱祖国,歌唱土地,歌唱家乡,歌唱人民,他向时代和历史献出的诸多浪漫歌唱,就使他的小说语言自然带有一种浪漫的色彩,而他小说中凸显的浪漫诗人气质,就是完全可以理解的了。

二、诗性语言的浪漫主义表现

端木蕻良是一位浪漫的、诗人气质的小说家,然而,有趣的是,当他开始小说创作之后,并没有按照他本应该依循的浪漫主义创作道路前进。响应时代的呼唤,他选择了写实主义,但他又并不把写实主义奉为金科玉律。他的很大一部分小说都是他"对于土地的爱情的自白",他总是"抒情似的抒写着土地"。也就是说,他重写实也重抒情,在写实中抒情,在抒情中写实,这是他小说创作的突出特征。读他的小说,谁都不难感受到他作品中强烈的主观性和自我表现的因素,都不难体验到一股情感的热浪扑面而来。在《大地的海》的开篇,他写草原的一段话,那语气,那情调,那节奏,那语言,就根本没有皈依小说的写法,而像是写一首诗,一首土地的赞美诗。人们可能奇怪,作为小说家的端木蕻良,这哪里是在写小说,分明是在写诗,在写一首充满浪漫色彩的抒情诗。通过这诗歌一般的语言,人们领略的与其说是大地的无限风光,不如说是作者心中连天的巨浪。虽然在他的全部创作中,他并非总是以如此强烈的主观抒情代替冷静的客观写实,但仍然能让人感觉到主观性与抒情性的水乳交融,只不过不同的文本在程度上有些差别罢了。这些都说明,诗人气质一直是主宰端木先生创作的主体因素。

众所周知,作为一个优秀的小说家,应该有出色的描写能力,只有这样,才可能把他所叙述的内容变成鲜活的形象。端木蕻良无疑具有这种能力,而且十分出色。但是,他却不是仰仗这种能力,也不是有意滥用这种能力,更不是单纯依靠这种能力完成作品,而是常常把描写变为抒写,把外在写实与内在抒情融合起来,让主观情绪灌注在笔端,并流淌进作品的字里行间,亦即将小说叙述变为诗歌抒情。这当然主要是借重他的诗歌语言特长。例如《大地的海》这段文字:

>　　三星照在水里,三星起来了,三星抹斜了,三星晌午了,三星掉角了,三星白脸了,……一夜过去了,露水湿透了他的衣裳。[①]

这里,显然是用复沓的句式来写三星的变化,并在它的变化中交代时间的

[①] 端木蕻良. 端木蕻良文集 2 [M]. 北京:北京出版社,1999:154.

推移，非常具有诗性的表征。甚至，与其说这是在交代时间，不如说是在发出咏叹，因为它对情感的表达效应远远大于对时间的述说。

语言的诗性，表现在对自然的超常描写上，这也是浪漫主义作家共同的情感倾向，端木蕻良也如此。端木蕻良酷爱自然，对自然有着一种特殊而强烈的感情，这驱动他在小说中总是乐于描写自然景物，这种描写甚至有时达到了汪洋恣肆的程度。科尔沁草原的荒凉辽阔，东北山川大地的壮丽秀美，高频率地出现在他的笔下。凡是读过他作品的人，对此都留下过深刻的印象。然而，值得注意的是，自然景物在他的笔下并不总是客观写实，而是像"所有浪漫主义诗人都把自然设想为与人相似的有机体"[1]一样，端木蕻良也把自然看成是有人性有灵性的生命，并经常赋予它们以人的行为和人的感觉，即"把自然神化了"[2]。比如，大地是病了，大地现在是在哀叹着，大地在忘却中沉睡，这种端木蕻良式的描写自然的独特方式就如此。很明显，自然（大地）在这里已不再是人类生存的空间依托，而是与人一样的有机生命，人也成了自然的一部分。再如，他把人当作自然之子来描写，说穷人是大地的儿子，大地养育了他们，在这里，人与自然（大地）的生命已经浑然交融，形成了一个有机的整体。基于这些，端木蕻良对人保留的原始自然的野性力量也极感兴趣，在很多作品中，他不厌其烦地塑造那种充满着原始生命力的形象。这一切都有力地证明，端木蕻良在精神上与浪漫主义诗人精神相通，他的小说也与浪漫主义诗人的作品血脉相连。但是，端木蕻良崇拜自然，呼唤自然的野性力量，绝不像浪漫主义先辈那样主张回归自然，以抵制现代文明的进程。他抛弃了浪漫主义先辈那种希望倒退的可笑主张，是在企盼社会进步；他讴歌自然并赋予自然以人的灵性，是在追求一种浪漫的诗意的美感特征。对于原始生命力的呼唤，他也停留在"人的改造"上，即对一种"新人"的呼唤，力图以这种"新人"来从事社会改造，改变社会的黑暗面貌。理解了端木的这一特性，对他小说中有关自然与野性的诗意的语言描写也就能够理解了。

三、叙述语言的浪漫主义特色

在探讨了端木蕻良小说语言诗性的浪漫主义表现之后，还有一个问题需要解决，那就是其小说叙述语言的浪漫主义诗性特色是什么？也就是说与其他浪漫主义小说相比，尤其是与五四时期某些盛极一时的浪漫主义小说相比，他个

---

[1] 伍晓明. 自我·艺术·自然——西方浪漫主义与五四文学 [J]. 中国现代文学研究丛刊, 1987 (2).

[2] 端木蕻良. 我的创作经验 [J]. 万象, 1944, 4 (5).

人的创新之点是什么，这些创新之点形成的原因是什么，所有这些，无疑都是本论题的重要组成部分。在经过文本的检视和纵横的考察之后，这里圈定了这样一个观点，那就是端木蕻良小说的叙述语言也具有浪漫的诗歌属性。

在论述浪漫主义文学时，有人把浪漫主义文学分为两类，一类是"自我型"的，一类是"社会型"的。如果回顾从19世纪前期浪漫主义文学出现以后这类文学在文学史上的存在，应该承认这一论述是非常可信的。按照这样的观点来划分，端木蕻良的浪漫主义小说无疑是属于"社会型"的。

在数十年的创作生涯中，端木蕻良一直讳言他的小说及其语言的浪漫主义问题。但是到了20世纪80年代初，在文学理论界重新讨论现实主义与浪漫主义的问题时，他在给著名作家邓友梅的信里专门谈了自己对浪漫主义的理解。他认为"现实主义和浪漫主义这个界限，很不容易划清；同时，也不难看出，两者又不是水和火的关系。""在浪漫主义作家的作品里，总是以他有现实主义的浓厚基础，更被受到重视。""而在现实主义作家的某些作品中，则常常以他的浪漫主义色彩而受到广泛的欣赏。"① 端木蕻良对浪漫主义和现实主义的这种理解使人看到，在他的文学观念中，浪漫主义与现实主义彼此之间不是分开的，而是互相依存、互相融合的，但是二者又没有因为彼此融合而消失各自的界限，它们分别是独立存在并显示出质的差异的两种东西。这种对浪漫主义的理解，是他对这一问题的理论认识，也可以看作是他对自己小说的浪漫主义特征和语言特色的最好说明。实际上，他的小说的浪漫主义总是与现实主义交融在一起。因此，端木蕻良小说的浪漫主义从一开始就表现出深厚的现实主义基础，可以说是一种以现实主义为根底的浪漫主义。在厘清了这一理论内涵之后，就能够理解端木蕻良小说叙述语言的浪漫诗性了。

端木蕻良很少像五四时期浪漫主义作家那样单纯地张扬自我，单纯地强调主观情感，一味从自我身边私事取材。在他那里，自我都融合于时代之中，对身边私事的叙述都消解于对外部社会的再现之中。正因如此，那种在五四浪漫主义作家笔下频频出现的带有作家本人鲜明特征的知识者形象，那些哀哀切切喋喋不休地宣泄着心灵苦闷的畸零者形象，始终没有出现在端木蕻良的作品中。尽管《科尔沁旗草原》中写到丁宁"是寂寞者""独语者""畸零者"，但实际上丁宁与郁达夫笔下的男主角们大不相同。郁达夫笔下的男主角都被个人生活琐事和一己私情困扰着，在个人的情感泥潭里做着无力的挣扎，而丁宁想的是以叱咤风云的气魄重塑草原上的新人，改变草原的面貌。郁达夫笔下的畸零者更接近他们的嫡系祖先维特，而丁宁更像他的同类唐璜，他是唐璜式的

---

① 端木蕻良. 致邓友梅的信 [J]. 当代作家评论, 1984 (4).

浪漫英雄在 20 世纪 30 年代中国的翻版。当然，在端木蕻良的作品中，这类唐璜式的英雄并不多，更多的则是传奇英雄。艾老爹、煤黑子、李三麻子等传奇英雄，就属此类，他们在端木蕻良作品人物画廊中占有重要地位。这类浪漫英雄与五四时期的浪漫主义作品中的知识分子自我形象截然不同，他们与社会和历史的联系更为密切，他们身上的社会性与时代性更为鲜明。在他们身上虽然也寄托着作家的理想和主体情感，但是他们并不是以抒情主人公的角色存在着，也没有成为作家倾诉个人情绪的话筒，而只是作品所描写的社会生活中的一个角色。这样，就使得作家不能不用较为客观的笔触去刻画他们。因此，这些形象在抒情性之外，又有较强的写实性。上述因素使这类形象增加了较为浓重的现实主义底色，也使端木蕻良小说的浪漫主义语言表现有了较为深固的现实主义家园，而不至于流浪到文学描写的误区。

　　此外，端木蕻良还特别注意设计作品的情节结构。他虽然没有像某些现实主义作家那样编织错综复杂的情节，没有苛求结构的严整，但也没有像五四浪漫主义作家那样把小说写得如同散文，而是用了电影蒙太奇的语言作为组织情节的手段，让作品具备一定的故事性，甚至生发强大的情节魅力。同时，端木蕻良又很注意对人物性格的塑造。尽管他有时用主观想象去塑造他的人物（如《科尔沁旗草原》中的大山），但绝大多数作品，他都非常注意写出性格鲜明、栩栩如生的人物，且让人物性格具有很强的丰富性，这远非五四的浪漫主义作家可比。所有这些，都显示出端木蕻良小说对五四时期浪漫主义小说的超越之处，形成了他浪漫主义风格统摄下的诗歌特性。据此，可以得出这样的结论，那就是端木蕻良小说确实具有浪漫主义色彩，但是其根基又是现实主义的，现实主义与浪漫主义在他的作品中呈现出一种水乳交融的状态。

第三节　端木蕻良文学作品中的生命冥想

一、生命之源——土地

　　中华民族是一个以农耕为主的社会，在原始的农耕社会里，华夏祖先从大地上生长农作物和其他万物的事实中，意识到土地滋生万物对人类生息繁衍有一种神秘的主宰，往往把大地的丰饶性与女性的生殖性结合。《周易·说卦传》载："坤，地也，故称乎母。"认为万物莫不归藏于"土""母"之中，此乃万物生命由来的源泉。端木蕻良深受这种农耕文化的浸润，笔下的土地总是与生命的孕育和希望联系在一起的，正如作者所表白的那样："土地是我的母亲，我的每寸皮肤，都有着土粒，我的手掌一接近土地，我的心便平静，我是土地的族系。我不能离开她，在故乡的土地上，我印下我无数的脚印"。①

《科尔沁旗草原》开篇述说山东的灾民们冒死闯关东，在行将倒毙之际，科尔沁草原收留了他们。科尔沁草原如同圣经中的诺亚方舟，成为逃难者的庇护所。《大江》中作者倾注全力塑造的主人公铁岭，尽管离开了生长的土地，对故土却有着一种"固执的黏贴性"。李三麻子在外为匪二十多年，按理说与土地的感情比较疏远，可他的理想与铁岭却惊人的一致，即隐名埋姓到乡下修造一间草房，作一名太平百姓。在这些作品中，土地无疑成了人类感情的寄托和生命的希望，它能给人再生的勇气和力量。

土地是生命之源，也是力量之源。端木蕻良在《科尔沁旗草原》中借丁宁之口极力称赞科尔沁草原所蕴藏的生命力："是的，这一块草原，才是中国所唯一的储藏的原始的力呀。这一火花，才是黄色民族的唯一的火花……有谁会不这样承认呢？有谁会想到这不是真实呢？"②《大地的海》中具有初步朦胧觉醒意识的来头，他的反抗力量之源来自哪里？就是他脚下踩着的土地。端木蕻良在挖掘农民身上反抗精神力量不竭源头的同时，尤其关注故土家园在日寇铁蹄蹂躏下农民的命运，注重对"人与土地"关系作历史和现实的理性审视，揭示出历史进程中人们土地意识觉醒的过程：黑土地上那些还未接受民族主义启蒙思想教育的农民，从土地崇拜情结到土地意识的觉醒，从幻想到面对现实，从忍让到反抗，将是一个漫长而又痛苦的过程，必须要经历巨大的历史阵痛。端木蕻良通过连续性的三部作品《科尔沁旗草原》《大地的海》《大江》，塑造了三个从土地的反抗者到直接拿起武器的战斗者直至民族英雄的形象，随着人物形象的转换，既标志着端木笔下农民在逐步成长，又显示出土地意识觉醒的过程。

二、生命本质的表现——漂泊

中国现代文学作品塑造了众多漂泊者形象，如过客、蒋少祖、蒋纯祖、汪中、小黑子等。端木蕻良在这方面为中国文学画廊增添了新的漂泊者形象："胡子"和地主。

《科尔沁旗草原》中刻画了两个地主阶级漂泊者形象。丁小爷身上具有黑土地上流浪者的共同特点，内心躁动不安，渴望冒险、挑战、刺激的生活。年

---

① 端木蕻良. 我的创作经验 [J]. 万象，1944 (5).
② 端木蕻良. 端木蕻良文集 1 [M]. 北京：北京出版社，1998：366.

轻时浪迹山野，东渡扶桑，晚年为了摆脱空虚，孤注一掷做投机生意，最后客死他乡。丁宁是大草原新一代地主，年轻时到南方求学，受到了资产阶级启蒙主义和人道主义的熏陶，重归家乡希图改造和重建大草原，失败后，又重新回到南方继续求学，其漂泊的实质是为了寻找重建家园的思想和精神武器，洋溢着强劲和昂扬向上的生命活力。

端木蕻良笔下的漂泊者不甘心过平庸和宁静的生活，挥别故土，都是为了寻觅自在的生活，寻找人生的意义和价值，因而没有一般流浪作品中常有的漂泊异乡的忧愁感和悬浮感。作为"胡子"的李三麻子，年轻时啸聚山林，无父无母，无妻无子，漂泊的目的就是为了追求一种无拘无束、无欲无求、无喜无悲的生活。铁岭在东山打猎场面的描写充满着智慧和野性力量，被迫回家后家乡的愚昧使过惯了不受拘束生活的他彻底失望，于是离家到关内寻找出路。大山因为父亡而回家，由于受到"大老俄"的启发，领导了一场为土地、为生存的斗争，他没有铁岭回家的失意和离家的痛苦，参加义勇军就是为了更好施展自己的才华。他们的漂泊不是个人生命的放逐，也不再是个体感情的无处皈依，而是为了不使自己的本性受到蒙蔽，不使自己的生命力萎缩，不使自己生命本质和意志遭受戕害，并把自我感情、自我生命、自我力量与民族解放紧紧联系在一起。

三、生命的挽歌——悲剧

表现生命意识，离不开对死亡主题的挖掘。黑土地农民在高扬生命活力的同时，生命却在不知不觉中被"大地的海"所吞噬，因自身的愚昧也在不知不觉中毁灭着生命。端木蕻良在揭示这种现象时深刻地体现出了他透视生命、把握生命时的悲剧意识。

《科尔沁旗草原》通过丁家由盛而衰，表达对家族没落的深深悲哀；通过女性们随意被扼杀，预示着美和希望的毁灭，表达出对不可知命运的迷惘和惆怅。苏大姨被土匪苏黑子强暴后过着屈辱的生活，折磨致疯后在困苦中死去。灵子是丁宁的侍女，怀孕后，在强烈求生的呼叫中被迫喝下丁宁母亲赏赐的毒药。水水是丁理想爱情的化身和情感的寄托，却被土匪蹂躏而死，春兄是他改造草原的"新人"计划中"智慧的英雄"，却被土匪父亲出卖而死，二人的死对丁宁是一场毁灭性的打击，看着一个个鲜活的生命就这样逝去，他不觉地有些毛骨悚然。《大地的海》中的杏子敢于在大自然中尽情地欢歌，敢于追求自由的爱情，因此，招致了恪守世俗陈规的莲花泡人的诅咒。洋溢着青春活力的杏子，为反抗凌辱而惨死在日本鬼子的走狗手中，她用生命捍卫了自己的尊严，但未挽回人们的偏见，对她的死是一脸的冷漠和麻木。杏子死时的孤单传达出人世间透彻骨髓的寒意。端木蕻良通过有价值的个体生命的毁灭,使作品散发强烈的哀婉气息,传达出浓郁的悲剧意识以及对生命价值的永恒呼唤,同时也为女性悲惨生命的结局,唱出一曲生命的挽歌。

端木蕻良小说中的悲剧氛围还体现在"大地的海"意象的开掘中。"大地的海"与呼兰河小城中的"大泥坑"都给人一种神秘莫测感。"大泥坑"幽深、黑暗,滋生祸事,是小城人精神的象征,象征着人生的缺陷、生命态度的麻木和生命形式的荒芜。"大地的海"既廓大无边,充满着生命的律动,又黑暗深邃,具有不可预知的神秘力量,人们无法逃脱它的控制,随时在吞噬生命,随时在制造悲剧,预示着人生命运的不可捉摸。如果联系端木蕻良前后作品来分析,就会发现作者寄予了"大地的海"更深的含义,如果丧失了原始强力,在封建家庭制度的压榨下生命就会凋零,在地主和外来侵略者的凌辱下只会苟且偷生,如果仅仅拥有原始强力,也只是一种简单质朴的反抗,而且经常处于盲目和动摇之中,因此,只有将生命强力与先进的革命思想结合起来,融入革命洪流中,才能将吞噬农民的"海"变成消灭敌人的战场。

从土地孕育生命到生命的挽歌,端木蕻良恰好为人们展示了生命从生到死的一个轮回,它们相互渗透,相互融合,表达了他对生命的理解,凸现出对生命意识的深刻体悟。

第四节　端木蕻良文学作品中的忧患意识与爱国情怀

一、深广的忧患意识

端木蕻良最初以他的土地系列小说而成名,赢得了"大地之子"的美誉,这些小说中弥漫着深广的忧郁情绪。这种忧郁不仅来自端木蕻良母亲的辛酸遭遇、来自自己生活其中的大家族由兴盛走向衰落的历史,更多的是来自他降生的那片广漠、荒凉草原土地的赐予,来自那片土地上发生的真实故事的影响。

端木蕻良之描写土地,乃是基于一种崇高的历史使命感。在端木蕻良幼小的心灵里,大地与母亲融合为一,他与她们亲密无间。浏览全部中国文学历史,考察所有作家与土地的联系,像端木蕻良这样密切的并不多见,只有现代著名诗人艾青能够与他媲美。

端木蕻良自小就从土地的沉厚负载中培养起生命的自觉,在参加"五四"爱国游行中产生忧国忧民的责任感、使命感。土地的沉郁和忧郁性,儿时故乡悲惨生活的见闻，酿就了作家的忧郁气质和忧患情怀，提笔创作后，便将自己满腔的忧患意识投射到广漠而浩瀚的土地上面，写出关于土地的系列故事。

端木蕻良的忧患意识内涵丰富。除了通常所谓忧国、忧民，他还用不少笔墨写到忧己，忧及个人的生存环境。《科尔沁旗草原》在展示大家族衰败的同时，也写到这个家族的末世子孙丁宁对家族和社会的拯救，其中融入了作者忧郁、伤感的生命感受，呈示着端木蕻良个人精神世界和心灵的低语，展现了"五四"到大革命前后，一个知识分子的精神历程。这段历程被"九·一八"事变所打断。南下上海后，端木蕻良受到特定的社会政治氛围、文学活动环境的影响，他切身感受到报国无门（故乡沦陷已五载，当局尚未下定抗战决心）、事业难成（三年前写成的第一部长篇小说尚未出版，此时写作的第二部长篇小说又遭冷遇）、知遇顿失（他想拜见的鲁迅溘然长逝，留给他"永恒的悲哀"）的痛苦和悲哀，加重了他在这五光十色的大都市里的孤独、寂寞，倍感忧郁、苦闷、压抑、悲凉。初登文坛的短篇小说即有端木蕻良初抵上海时的精神处境的展示，有他心灵深处"彻骨的忧郁"的流露。除此之外，两篇描写监狱题材的短篇小说《被撞破的脸孔》和《腐蚀》，所写关押"我"的牢房狭窄、肮脏、四周泛滥着酸雾的环境不就是当时社会的缩影与象征；《生命的笑话》（后改名为《可塑性的》）、《三月夜曲》两篇描写贵族出身的女子，由于家族败落而沦落大都会十里洋场，在穷困逼压下丧失做人的尊严，流露出端木感同身受、沉重而又无奈的生命悲叹。《吞蛇儿》文本中的蛇也富有象征意味。上海街头的流浪儿水根白天在街头巷尾表演吞蛇，夜里做梦便见蛇来吞他。现实生活中横眉怒目、威逼他不停地表演的师傅，也恍惚变成梦中那条"赤黑飞蟒"，四处缠绕他，跟踪他，吸食他的血液。水根梦见的情景，显然交织着端木蕻良初到上海后获得的新的都市人生的体验。

但是端木蕻良没有沉溺于一己的苦闷、忧郁，尤其在他身处国破家亡的时刻，他个人的忧郁总是和时代风云、民族命运紧密相连。上述小说中的人物最终都会脱出郁闷窒息的环境氛围。例如《三月夜曲》中"我"对沦落风尘的外国舞女不无悲悯地叹息："无论哪个没落的阶层，最先得到不幸的都是女人"[1]，但在小说结尾处，端木蕻良又突兀地补上一句："第一个从马赛站起来的也是女人。"[2] 又如《腐蚀》中的"我"，每当肢体瘫软、生命萎靡之际，又总会感遇到狱中一个东北士兵坚定的目光而暗自羞愧，由此坚信高墙之外阳光、欢笑的存在，环绕四周浓稠的酸雾似乎因此裂开一丝透亮的缝隙。再如

---

[1] 端木蕻良. 端木蕻良小说 [M]. 杭州：浙江文艺出版社，2003：145.
[2] 端木蕻良. 端木蕻良小说 [M]. 杭州：浙江文艺出版社，2003：146.

《鹭湖的忧郁》，通篇弥漫着郁闷、绝望，篇末却以"远远的鸡声愤怒地叫着，天就要破晓了"①作结，穿透满纸的郁闷，预示光明的前景。

端木蕻良初期小说中个人的忧郁随着抗日战争爆发而逐渐散去，取而代之的是刻骨的憎恨和英勇报国、不惜献身的战斗激情。《大江》进而描写两块个人主义的"顽铁"怎样在集体主义熔炉中锻冶，被群众改变成为精钢。端木蕻良小说人物忧国、忧民的深广的忧患爱国意识，既源自中国古代忧患爱国文学传统，又回应了鲁迅等新文学先驱启蒙、立人、解放个性的呐喊，接续了"五四"开创的现代爱国主义文学传统。他们从个人到集体的走向，应和着启蒙救亡的双重变奏，融入了中国现代文学历史的进程。

二、强烈的爱国情怀

端木蕻良小说确实具有强烈的时代性。他的小说大多创作于20世纪30年代初到20世纪40年代中期，即从"九·一八"事变发生到抗日战争胜利的时段。其间所作几乎每一篇都与抗日战争有关，表现出深广的忧患意识、强烈的批判精神、坚贞的民族节操，以及英勇抗敌、舍命报国等强烈的爱国主义情怀。

端木蕻良小说弥漫着"彻骨的忧郁"，交织着"繁华的热情"，从忧郁中迸发出热情是其情感的大致走向。端木蕻良这个时段的小说始于忧郁，交织着憎恨；继而随着抗战爆发拂去忧郁，转向乐观、激昂；后来随着抗战进入相持阶段，战争初期的热情降温，自己也历经丧妻之痛，痛定思痛之后的小说创作，一定程度上又表现出向忧郁的回归。总体上说，在端木蕻良小说所涉及的个人、家庭、故乡'、民族、国家及其相互的关系中，乡邦、故国、民族始终占据着重要的位置。即以贯穿全部创作的忧患意识而论，忧己是起点，忧民是中介，忧国才是归宿。尤其是那些追随时代前进脚步，描摹战争风云的小说，所呈示的爱国情怀相当深沉、强烈。而端木蕻良又特别擅长写景，常用景物隐喻、寄托感情，使他的爱国情怀得到艺术的呈现。《浑河的激流》是端木蕻良最早表现民族意识、抗日情绪高涨的小说。小说开篇一段浑河左岸白鹿林子一带秋景的描绘，寓含着祖国版图变色、大好河山沦陷、人民惨遭欺侮和蹂躏的切肤之痛。但是有着守节不屈传统的猎户们不甘心做亡国奴，任人宰割，他们一致议决，拒交狐皮，自卫抵抗，然后投奔第五路人民革命军。篇中的浑河之水映照着民族情绪的高涨，当水芹子的爱情得不到母亲理解，被斥为"靡志气"时，她怀着满腔委屈赌气跑到河边：

---

① 端木蕻良. 端木蕻良文集 [M]. 北京：华夏出版社, 2000: 13.

> 浑河的水是浑的，唱着忧郁的歌子。可是在月光下，它也被诱惑了。红沙石的河岸，黄土河床，白茫茫一片水花，微绿的雾露，笼罩着北国的高爽空旷，长空里流泄出一片霜华……何等的迷人阿。……但是水芹子是这样的哀怆！①

当猎户们深夜聚会商量拒交狐皮时，"月华如霰似的散在浑河水面上，又静，又香，又有清凉。……浑河看不出有一丝儿混玄的迹儿……"② 当浑河岸边的战斗打响，猎户们拉起队伍投奔义勇军时，送别恋人的水芹子眼前仿佛看见浑河的水翻腾地流去，她的战斗豪情因此激发出来，决心实践自己用血把浑河的水澄清了的誓言。这篇小说写于1937年2月，距离"七七"事变、抗战爆发仅仅五个月，正是民族意识日益高涨、抗日情绪似潮澎湃的时候。小说从时代大潮中掬起一朵浪花，艺术地传递给读者，激起强烈的共鸣，获得巨大的成功。

端木蕻良小说常常以恨写爱，从另一侧面表现强烈的爱国情怀。端木蕻良小说中的憎恨主要有阶级仇、民族恨两种。表现阶级仇恨最强烈的当推那题名《憎恨》的短篇小说。小说表现草原大地上严重的阶级对立，描写农民对地主及其走狗的刻骨憎恨，以及因这憎恨而来的大快人心的报复。表现民族憎恨的则首推《浑河的激流》。这个短篇也描写东北人民从屈辱忍耐到奋起抗争，所表现的却是民族情绪的高涨，是端木蕻良捷足先登的抗战小说的代表，富有强烈的时代性。

民族憎恨、民族节操所体现的强烈的民族意识，在端木蕻良的第二部长篇小说《大地的海》，以及抗战爆发后创作的短篇小说《萝卜窖》《青弟》《风陵渡》等篇中也有突出的表现。初登文坛的端木蕻良非常重视作品的"宽度、深度和强度"，将其提升到"决定一件艺术品的伟大性的"高度，并曾据此批评茅盾先生的作品，认为"他对于人物的爱憎的强度还不够，所以艺术的价值也受到损失"③。端木蕻良自己的作品爱憎强烈，他初期的作品常用以恨写爱的手法，增强爱憎的强度。常言道，爱之深恨之切，反之亦然。毋庸置疑，端木蕻良上述小说抒写的强烈憎恨乃是源于对祖国民族深沉、强烈的爱，从另一个侧面凸显了时代之子强烈的爱国情怀。

战时显忠勇，乱世出英雄。爱国主义精神在国家遭逢内乱纷争和外敌入侵等战事时表现得最为突出。在中华民族历史上，随着王朝鼎革、诸侯争霸、农

---

① 端木蕻良. 端木蕻良小说[M]. 杭州：浙江文艺出版社，2003：52.
② 端木蕻良. 端木蕻良小说[M]. 杭州：浙江文艺出版社，2003：60.
③ 端木蕻良. 文学的宽度、深度和强度[J]. 七月，1937（5）.

民起义、外族入侵，爆发过大大小小无数次战争，产生了众多抵御侵略、保家卫国、英勇战斗、不怕牺牲的英雄，以及记录英雄业绩的爱国主义文学。屈原的《国殇》正面描写惨烈悲壮的战斗场面，歌颂楚国将士英勇战斗、以身殉国的爱国精神，开了这类爱国主义文学的先河。其后曹植的《白马篇》、南北朝乐府民歌《木兰辞》继承《国殇》开创的歌颂慷慨报国之士的文学传统，开启了唐代的边塞诗风。唐宋以降，爱国文人不仅胸怀忧患爱国之"思"，而且常有主动请缨、亲赴戎机之"行"——或佐戎幕府，或挥戈上阵，大大拓宽了爱国主义文学表现领域。端木蕻良学生时代即有投军报国的经历，"九·一八"之后返乡又目睹了东北老家父老兄弟武装抗日的情景，这些都使他能够继承中国古代描写战争题材、表现英勇抗敌、舍命报国的文学传统，很早创作出堪称优秀的抗日题材小说。

端木蕻良是现代文学史上最早反映抗日题材的作家之一。他的小说很早就触及抗日题材。"九·一八"事变第二年，他就在短篇小说《乡愁》中写到事变当夜，星儿的爸爸负伤回家，拿起枪投奔义勇军打鬼子去了。1933年写成的《科尔沁旗草原》结尾，也写到"九·一八"事变次日，一支由觉醒农民与从前的土匪汇流而成的抗日义勇军队伍向沈阳进军路经古榆城，全城居民涌上街头，异常兴奋：

> 人在凶号，整个科尔沁旗草原在震颤，在跳跃，在激扬！
> 晨光是昏昏的，接近地平线的一带，还有一块黑云，黑龙似的在伸张它的爪牙，晨光在和它搏斗……
> 不久，天必须得亮了。①

晨光和黑云搏斗情景象征隐喻的描写，预示了中国的抗战前途。

端木蕻良小说抒写的大地之子深沉的忧患意识、时代之子强烈的爱国情怀，以及抗战期间平民英雄的英勇抗敌与舍命报国，都继承并弘扬了中华爱国主义的文学传统。正如他指出的，"《百年孤独》的作者，对自己民族的遭遇，用火一样的语言加以概述，民族色彩的强烈，足可以证明继承过去文化层的深厚程度"②。当然继承之中也有创新。端木蕻良小说的视角始终对准下层平民，那些大地之子、平凡的英雄，写他们在民族危亡、土地蒙难时刻所表现出的沉郁忧患、奋起反抗、勇敢战斗、不惜舍命殉国，相对于主要冀望于朝廷大臣、军中统帅、幕府谋士拯救国家和人民的古代文学传统，其现代性特征明显可

---

① 端木蕻良. 端木蕻良文集 1 [M]. 北京：北京出版社，1998：408.
② 端木蕻良. 端木蕻良文集 5 [M]. 北京：北京出版社，2009：610.

见。端木蕻良小说又有着强烈的时代性，它以敏锐的触角描画从"九·一八"事变到抗战结束，中华民族遭受日本帝国主义疯狂侵略、蹂躏，拂去忧郁、奋起抗敌的血与火的战斗画卷，虽然很少直接描写战斗的胜利，较多地表现忧郁、憎恨及忍无可忍之下奋起抗争，但从作品人物的沉默坚韧、守节不屈的意志品质，拿起武器、保家卫国昂扬的战斗热情，以及作者对抗敌英雄的热情歌颂，无不明确昭示了抗日战争的光明前景。流贯于端木蕻良小说乐观昂扬的英雄主义喜剧格调，也使之有别于"五四"文学中充盈着的由封建禁锢、民族歧视引发的精神抑郁、痛苦哀怨。现代中国革命实质上是共产党领导农民阶级与封建地主阶级的矛盾斗争，中间穿插了一场抗击日本侵略者的民族战争，这理所当然地进入现代作家视野，成为中国现代文学的主要内容。农民的苦难和他们的反抗斗争始终是现代作家关注的热点问题，由此形成反帝反封建的现代文学传统。在这一传统的传承中，端木蕻良的小说占据着异常突出的地位。

第三章 迟子建及其文学作品解读

迟子建近四十年笔耕不辍，其以灵动的语言讲述生动的故事，塑造鲜活的人物形象，给中国文坛贡献了许多优秀的作品。本章主要对迟子建文学创作的儿童视角、迟子建小说中的乡土世界、迟子建笔下的生态感悟加以分析。

第一节 迟子建人生经历

迟子建，当代著名的女作家，1964年元宵节出生于中国黑龙江省漠河的北极村，童年是在黑龙江畔度过的。东北地域作家的代表人物之一。1983年她开始写作，迄今为止已发表文学作品五百万字，出版单行本四十多本。从20世纪80年代创作的《北极光》闯入文坛开始，她就因其独特的东北地域文化的抒写为文坛所瞩目。她也是中国作家中唯一的三次鲁迅文学奖获得者，还获得一次茅盾文学奖、一次庄重文文学奖、两次冰心散文奖。

进入21世纪之后，迟子建的创作也进入了她创作生涯中的又一个辉煌期。这些作品包括长篇新作《穿过云层的晴朗》（荣获澳大利亚杰姆斯·乔伊斯基金会2003年度悬念句子文学奖）、《伪满洲国》《额尔古纳河右岸》等；中篇小说《踏着月光的行板》《酒鬼的鱼鹰》《世界上所有的夜晚》等，还有大量的短篇小说。这些作品或单独成集，或散见在她新世纪以后出版的各种文集中。

作为当代小说家的"异类"，中国当代女作家中的多产作家，迟子建无疑是最具独特风格和卓尔不群的一个作家。从进入中国文坛的视野开始，她就一直在无限宽广的民间生活的河流中，用深情的笔触抒写莽莽苍苍的兴安岭，叙写神秘悲怆的鄂伦春民族的起起伏伏，深入到那些有着令人心酸经历的底层民众，以悲悯的情怀观照着被主流意识形态视角所忽略、被历史岁月所淡忘的民间生活。从底层民众的悲欢离合的感叹中寻求悲凉世界的解脱之路的微弱星光，在人和自然的交融中品味人生的生存意义，一如她自己所说的："来自大自然的体验对自己的写作是一种启示，我渴望表达的是人与自然之间的那种血肉相连的亲密"①。在偏僻的乡野，那广大的被现代文明遗忘的世界里，她借笔下的人物表现出对自然万物的体谅与尊重，向人们呈现了人与自然相互依存的和谐关系，体现了对个体生命存在价值的尊重。这种对人间万物极富人性的理解，使迟子建的小说呈现出空灵而又朴素的宁静之美，这种宁静是灿烂之极归附平淡的深刻之美，是作家恬淡无争的人格与作品中的人物融合在一起而体现出来的淡定之美。

第二节　迟子建文学创作的儿童视角

一、儿童视角的叙事模式

（一）回溯性叙事：童年与故乡的诗性回眸

迟子建艺术创造力的源泉来自永驻的童心和对世界与人生的艺术梦幻。有人说，童年在许多人的心目中都留下了如梦如画的印象，但很少有人能把童年印象保存地像迟子建那么纯真美好。的确，迟子建有一种不同常人的艺术天赋，她始终能保持儿童的童真、敏感与善良，能够用儿童的天真纯洁、美妙如天使的眼睛去看待世界，并用小说语言将自己的童年记忆完整而又生动地复呈出来。

对于迟子建来说，她选择儿童视角，对往昔生命流程进行追忆和还原，使其作品充满温情和灵性似乎是自然天成的。由于对童年由衷的痴迷和深情眷顾，迟子建的目光从处女作的创作开始就采取回溯式的寻梦，她不断地回到故乡，回到童年，从童年时代获取精神的滋养，使得她的文章充满了一种至真至纯的气息。因此，儿童视角作为迟子建小说创作一种特定的叙述方式，有效地激发了作家对童年的记忆和故乡的梦想。

在迟子建的儿童视角小说中，有一类是属于童年回忆的小说，多为含有自传性质的回忆录，记录了迟子建对自身经历的切身感受，我们将这类小说称之为回溯性叙事中的儿童视角小说。

---

① 朴素. 温馨与难言的忧伤——迟子建小说的气味 [J]. 作家，2011（10）.

《重温草莓》是一篇梦幻气息非常浓厚的作品,主人公"我"是一个十二三岁的少女,在"我"眼里,父亲和母亲之间那种相濡以沫的感情就如草莓酒那样醇厚,"我"与死去的父亲在梦中相见的情景描述几乎贯穿全文。父亲为了"我"能看一下他种植在天上的草莓园,不惜释放出全身所有的光亮,毁掉了自己在天上苦心经营一年的收成。是父亲的灵魂带着"我"神游了幽冥之界,让"我"重温了久违的父爱。"我"一会儿沉浸在过去时光的冥想中,忆起父亲母亲往日饶有情趣的生活场景,一会儿又跌入梦境,在梦里与死去的父亲在小酒馆里相遇,发现父亲仍然在天堂独自种着草莓,思念着自己的妻子。在"我"梦幻般的叙述中,作品笼罩着温情脉脉而又湿润忧伤的气息。整篇小说,浸透着迟子建对故乡的款款真情和对父亲的深深怀念。父亲之死对迟子建的伤害和意义是重大的,迟子建笔下的"父亲"形象实际上是她的一种生命依托,失去父亲几乎使她在生命的层面上形成一种断裂,这种断裂是无法弥补的。在《重温草莓》这篇小说中,迟子建借助"我"这个女童的视角完成了对父亲无比思念的表达和对家庭亲情伦理眷恋的描写,情感炙热,思绪绵绵,充满了不可遏止的热情和痛彻心扉的伤感。在小说中,儿童视角的纯净、质朴冲淡了死亡的凄凉与悲伤,抚慰人心,令人鼓舞。

(二)假定性叙事:纯真美好的儿童世界与丑陋虚伪的成人世界

回溯性叙事是迟子建儿童视角小说在表现过去与当下这种时间跨度的一种模式,当然,儿童视角的运用,并非都要以作家的童年经历为切入点,如果作家的情节来源完全与本人的童年经验无关,那就会形成儿童视角的第二种模式即假定性叙事。

1. 展示纯真美好的儿童本体世界

短篇小说《稻草人》是透过12岁的男孩生荒的视角向我们呈现了一派纯净自然、返璞归真的景象。生荒是个爱说爱动的调皮鬼,自小就特别喜爱鸟,他十分憎恨自家麦田中竖起的七个稻草人,因为稻草人的缘故,小鸟们没有栖息的地方,只能停落在一座有着三百年历史的年久失修的古塔塔顶。生荒的爷爷为此固执地认为生荒不爱五谷,所以不爱稻草人,他觉得生荒才上小学五年级,斗大的字不识几筐,就无心务农了,因此,脸上常常笼罩着一缕忧戚和无奈。其实,生荒并不是不热爱粮食,但他也热爱鸟群,在他看来,鸟群是吃不了多少麦子的,更何况它们每年才来一次。在一个炎热的傍晚,爷爷突然发现麦田失火了,"麦田上跳跃着七条橘红的火柱,它们把整个麦田照耀得十分明亮,火光将半边夜色烧炙得一片粉红,像花园似的,仿佛飘出无限的芳菲之气。"① 爷爷认定是生荒干的,因为他太爱鸟了。就在麦田失火的第二天早晨生荒失踪了,可他为家人留下的纸条却道出了一个单纯良善的孩子真实的内心世界,生荒告诉家人,他爱爷爷,爱爸爸,爱妈妈,爱麦田,更爱鸟群。读到这里我们不能不惊讶和感叹一个五年级的孩子对大自然如此贴近的爱,而这种爱又是被琐碎的日常生活纠缠得日益麻木的成年人所忽视和淡忘的。由此,对于生荒烧掉稻草人的举动也不禁释怀并能予以理解,在生荒纯净美好的情感世界里,他对他周围的一切都是心怀爱意的,无论他们是有生命的,还是无生命的。面对一个如此崇尚自然、热爱鸟类、善良单纯的孩子,成人也为之动容了。因此,当失踪的生荒被寻回再次走进院子时,爷爷、爸爸和妈妈都苦巴巴地立在树下,他们看见生荒后"全都泪眼汪汪的",并一致决定以后"稻草人可以不扎了"。

迟子建对儿童的心理感受、精神状态、情感世界以及生命体验等给予了细腻地表现,让读者看到了一个真正的儿童生活与儿童心理的世界。儿童的那种清纯如水的眼光,那尚未被世俗世界污染的纯朴天性过滤了世界的复杂、丑恶,使世界显得格外清新透明。

2. 儿童视角下丑陋虚伪的成人世界

儿童视角的叙述是作家从心底里直接流露出的文字,往往是最个人、最流畅的一种表达。因此,对于作家而言,叙述视角的选择不仅是一种言说方式的选择,它更是作者的价值观念、道德立场、审美方式的体现。

长篇小说《树下》中的七斗是一个失去父母的小姑娘,到姥爷家去看望病危的姥爷时,意外地得到姥爷留给妈妈的一份遗产——金子,由此上演了继姥姥(妈妈的继母)和姨妈(妈妈的同父异母妹妹)为从七斗手里夺走金子的一场表演。在儿童的视野中,由继姥姥和姨妈所建构的成人世界真是再丑陋、再虚伪不过了,继姥姥威逼利诱七斗:"金子先拿出来让你姨妈保管着,别在半道上让人偷了去,回家后,金子就先放在你姨妈手里,你大了许了婆家时给你当陪嫁。"② 姨妈接过七斗的金子掂了掂,面上露出惊愕(因为姥爷分金子时特意多给了七斗一些)姥姥狐疑地看着姨妈,想去掂那份金子,可是很有心计的姨妈马上就把它放入旅行包中,并且,为了转移大家的注意力,说着一些无关要紧的话。不满意的姥姥想办法支开姨妈,当着七斗的面取出那包金子掂了掂,母女之间的诡计不相上下。姨妈为了私吞这份金子,在回家的船

---

① 迟子建. 稻草人 [J]. 北方文学,1991 (1).
② 迟子建. 树下 [M]. 太原:北岳文艺出版社,2001:61.

上虚伪地大哭大叫，说她的旅行包被偷了，并大肆声张地告诉船长，说是装有金子的旅行包被偷了，她以为这样可以骗过七斗。而七斗在领教了之前姨妈为一只银戒指做手脚的事情之后，心知肚明姨妈之所以喊来船长把事情弄大，只是做给七斗一人看的。善与恶、美与丑，通过七斗这一儿童叙述视角不言自明，儿童的目光其实是世间最真实的目光，从儿童视角映射出成人世界的丑恶、贪婪、龌龊更具有讽刺和鞭挞作用。

(三) 准儿童视角叙事：在理性与疯癫之间

儿童视角叙述可以通过文本中的儿童角色来完成，但这并不是唯一途径，在以傻子为角色的文本中同样可以实现这种风格的叙述。这些傻子往往具有和儿童一般的心理和性格特征，透过他们的视角来观察世界、描述人生况味，同样可以起到儿童视角叙述所能达到的审美效果。

在迟子建的儿童视角小说中，即使是与童年生活无关的作品，作家也喜欢塑造一些具有儿童气质的傻子，借以表达作家对社会和人生的深刻认识，如《青草如歌的正午》中的陈生、《雪坝下的新娘》中的刘曲、《罗索河瘟疫》中的领条等，以他们的视角作为叙事角度，使作品呈现出别样的内蕴，称之为准儿童视角即傻子视角。傻子视角和儿童视角有着相似之处，这种视角在给作品带来诗意的同时，也带来了叙事的含蓄和其他视角无法抵达的真实，在平淡简约中，抒写出时代的风云变幻和人世间的悲欢离合，蕴含着一种独特的伤悼之美，让人在不动声色中感受到丰厚而沉重的历史意蕴，具有很强的现实意义。

二、儿童视角的叙事特征

(一) 诗意抒情氛围的营造

2003年3月，迟子建获得了澳大利亚"悬念句子文学奖"，该世界性奖项对她作品的评语是"具有诗的意蕴"。的确，迟子建小说最吸引人的地方，不是跌宕起伏的故事情节，也不是典型环境中塑造的典型人物，而是作品中散发出的浓郁诗情和人性的温馨之美。迟子建以自己对生活和艺术的审美理解，以儿童般真纯自由的笔调，从人们习见的日常生活中发掘出诗意和情调，描绘出一个蕴含着诗性和快乐的儿童世界。作家借助儿童视角完成了她对东北黑土地的独特言说，从一个儿童的眼里折射出一幅美丽、温情的东北风俗画。在成人看来，平淡无奇、索然无味的事物一旦出现在儿童眼中，就会变得鲜艳夺目，所以，尽管小说写的只是儿童生活中的琐碎小事，但却因为这一切都处于儿童感觉和感受领域中而充满诗情。因此，人们从一个儿童的眼中，发现了隐藏在周围世界中的诗情。

　　运用儿童视角展开叙事也是迟子建创作风格形成的重要因素，小说的叙述调子、语言、结构等均受制于作家所选定的儿童叙事者，借用儿童视角展开叙述带来的纯真之气、自由之气、浪漫之气弥漫在迟子建的作品中，营造出迟子建小说的诗意抒情氛围。与完全社会化的成人相比，儿童尚未被污浊的世俗所浸染，他们的天性中更多一些明朗质朴，更多一些可爱稚拙，更多一些迷人纯真。"孩子不大理智的，他们总是直觉地感受这个世界，去'认同'世界。这些孩子是那样纯净，与世界无欲求，无竞争，他们对此世界是那样充满欢喜，他们最能把握周围环境的颜色、形体、光和影、声音和寂静，最能完美地捕捉住诗。"[1] 儿童单纯和重直觉的心理特征，使他们更容易把握生活中的美好与诗意。因此，透过儿童的眼睛来观察世界，一切都罩上了诗意的光芒。

　　　　月光变幻成千万条的小银鱼，在大地上忙忙碌碌地穿梭着、悠游着。天空被月光洗淡了夜色，天边的一些稀稀的亮晶晶的小星星，拼命地鼓起眼睛，企图把宇宙望穿。每一片树叶都印着月光那温情的亲吻。这天、这地都醉了。[2]

　　　　我的脸被火炉烤得发烫。我握着炉钩子，不住地捅火，火苗向一群金发小矮人一样甩着胳膊有力地踏着脚跳舞，好像它们生活在一个原始部落中一样，而火星则像蜜蜂一样嗡嗡地在炉壁周围飞旋。炉火燃烧的声音使我非常怀念父亲。[3]

（二）结构散漫化和情节淡化

　　迟子建的很多中、短篇小说都有明显的散文化倾向，她的小说在结构上追求一种简单自然、自由舒展的形式，行文流畅优美，不饰雕饰。作品往往疏于编织曲折完整的故事情节和塑造多元化的人物性格，缺乏贯穿全篇的线索，而惯于以故事片断或场景来结构文章。故事的叙述和情节的发展也像注意力不集中的儿童那样，常常因着场景的描绘或情绪的流泻而中断，不像传统意义上的小说，反而倒更像具有抒情意味的散文或散文诗，散发着比一部小说更为诱人的美。

　　不同于成人借助理性经验观察，用逻辑的方法分析世界，儿童是用自己的

---

[1] 汪曾祺. 晚翠文谈新编 [M]. 北京：生活·读书·新知三联书店，2002：242.
[2] 迟子建. 没有夏天了 [J]. 钟山，1988 (4).
[3] 迟子建. 白雪的墓园 [J]. 春风，1991 (4).

感觉、直觉和丰富的想象把握世界。"儿童思维的一个明显特征就是直观性"①，儿童思维的这一特点导致儿童思维在逻辑上的特有现象，即"儿童不能把握逻辑关系"②。儿童阶段的认知特点是：无意注意占优势地位，理性思辨能力较弱，看事物往往是散点透视，所以，儿童视线下的事件往往缺乏密切的因果联系。"儿童只注意事物，而不关心事物之间的联系；他满足于自我中心地感受这些细节，却不去想如何表达清楚。儿童常常满足于对事实的描述，而不愿意做因果性的解释。因此，儿童的陈述乃是一连串没有逻辑顺序或时间次序的命题。"③ 因此，儿童观看事物往往是无目的的，有很大的随意性，碰见什么看什么，什么有趣什么好玩什么奇怪就看什么，因此，看到的东西往往是片断的、零散的、不连贯的。不能透过现象发现事物的内在联系，看到的只是零散的生活片段。这种特点是与他们局外人的身份相一致的，他们常被排斥在成人世界之外，成人有很多事情是不让儿童看到的。这种局外人、无知者的地位，使他们不可能介入现实世界和成人社会，只能不着边际毫无目的地看着一个又一个片断或场景。或者说是在游戏、玩耍中，一个又一个片断闯入他们的视野，对此，他们并不特别在意，有的事物他们看见就忘记了，有的看见就记住了，仿佛是不断遭遇到一些事件或片断，又不断把他们遗忘。因此，儿童视角的选择就会给作品带来徐缓的节奏、散漫的结构，虽有中心线索，但通过跳跃性的情绪变化被遮掩了。再加上儿童的简洁真率、清新而又富有灵气的语言，往往使小说像生活本身一样自然流淌，又像散文一样形散而神不散，富有浓郁的散文化特征。

《清水洗尘》就是通过男孩天灶的视角，以天真的想象和儿童特有的情绪变化为经，以一家人细细碎碎的语言形态和举动为纬，织就成一幅无比温馨的天伦共享的人间图景，看似漫不经心，实则是以儿童的视角贴近了和谐生活的本质。更主要的是，全篇并没有发生什么曲折感人的故事，只是围绕着天灶、妹妹天云、父亲、母亲、奶奶和蛇寡妇之间由洗澡而引发的小摩擦。天灶第一次没有将就着用别人洗过的水，而是给自己单独烧了一桶清水为自己除去了一年的风尘。通过天灶的眼睛和感觉，则把这样一个平凡普通的故事演绎得趣味横生。

---

① 雷永生. 皮亚杰发生认识论述评 [M]. 北京：人民出版社，1987：192.
② 雷永生. 皮亚杰发生认识论述评 [M]. 北京：人民出版社，1987：189.
③ 雷永生. 皮亚杰发生认识论述评 [M]. 北京：人民出版社，1987：191.

第三节　迟子建小说中的乡土世界

一、乡土世界的民俗风情

（一）民俗景观

可以说当代文学史上还没有哪一位作家像迟子建这样执着于对其所生活地域的风俗描绘。她的小说蕴藏了深深的乡土之恋，展露了东北地区的风土、人情、民风民俗，充满了浓郁的富有地域色彩的生活气息。在她的笔下，铺天盖地的冬雪、茫茫的雪原、流淌不息的漠河、无边的松林、豪情的酒、神奇的白夜、震颤的鱼汛、嫩绿的青葱、散发香气的土豆花、醉人的都柿、会流泪的鱼、连绵不绝的秋雨、春日泥泞不堪的街道以及缥缈的大雾，都是北方小镇与乡村的特有元素。那里的一草一木、风土人情都化作强烈的生命意识，融入了作家的血液、灵魂。

她的作品有许多对东北岁时节日习俗的描写。《腊月宰猪》中对礼镇过年前男男女女忙忙碌碌准备过年的场景的描绘：

>　　礼镇的百姓一进腊月就开始忙年了。喝过了腊八的杂米粥，女人们就开始围着锅灶蒸面食。馒头、花卷、豆包、糖三角、枣山、菜包等等五花八门地蒸个遍，这才觉得正月的主食跟皇帝后宫的旗妃一般像模像样了，女人们用手背捶捶腰，去摸针线盒里的剪子，在缜密光亮的红纸上铰起窗花来。鸳鸯、鲤鱼、荷花、山雀、菊花、百合花、小老虎的形象就在剪子曲曲弯弯的走动中脱颖而出。小孩子最乐意做的一件事，就是用稚嫩的手去接从母亲的剪刀下袅娜脱落的窗花，忙不迭地一层层掀开那剪纸，看看鲤鱼胖不胖、百合花是否带着长长的蕊。蒸过了干粮，铰过了窗花，又拆洗了被褥，糊了灯笼，买了飘逸着吉祥话语的春联，备下了一帘鞭炮，一个声色兼备的年才粗具雏形了。接下来女人们热衷的事情便是买水豆腐。别以为男人在腊月里便闲着了，他们也不能对年袖手旁观。清理院子的积雪、劈柴、竖灯笼杆、采买、冻冰灯的活非他们莫属。当然，他们最盼望

做的一件事就是请齐大嘴来宰猪。[①]

腊月里的礼俗之繁复、村民之繁忙令人们想起鲁迅的《祝福》。这是构成乡土生活方式的重要内容。

(二) 人物命运

许多乡土小说重视描写乡土风物，以此当作人物活动的环境背景，体现人世的外部风貌，或作为一种乡土文化意识嵌入人物生活。然而，在迟子建的小说中，乡土风物总是构成人物生命活动的基石，是展现人物性格形象及人情世态的纽带。

小说《逝川》演绎了乡风与人物之间共同的凄美的命运。吉喜是小说《逝川》中一个光彩夺目的人物形象，她的命运与"泪鱼"的命运形成了内在的关联。吉喜的一生既辛酸无奈又厚重饱满，既是一个悲剧又是一曲颂歌。年轻时的吉喜聪明、漂亮、能干，性格泼辣并颇得男人的欣赏，然而这样一个百里挑一的好女人却终生未嫁，也没能和相爱的人相守一生。曾与她相互爱慕并有过亲密关系的胡会最终也弃她而另娶他人。她并未因为自己的不幸而放弃对生活的热情。她依然为生计忙碌着，依然会去捕泪鱼。她一辈子没有成家，没有生儿育女，可她做起了接生婆。当捕泪鱼与接生发生冲突时她选择了接生，甘愿冒遭灾的危险，也要坚持守护产妇，尽管她所接生的对象是情人胡会的孙媳。在她看来，捕泪鱼是神圣的事，但新生命的诞生更值得敬畏。最后，当她重返逝川岸边时，曙色已微微呈现，大部分村民已开始将捕到的泪鱼重新放回逝川。当她错过捕泪鱼而怀着凄楚和失望准备离开江边时，却吃惊地发现自己的木盆里竟游着十几条美丽的蓝色泪鱼，这又是多么让人激动。她用她的善良弥补了生命中的残缺，她的宽厚、善良、博大也得到了村民们的认可，在她因为接生错过捕泪鱼时，淳朴的渔民悄悄地为她留下了一盆泪鱼，那些在木盆里快乐舞蹈着的泪鱼给吉喜带来了意外的温暖。这些善良的人们以美好的性情和高尚的人格，实现了对不幸命运的超越。小说《逝川》中的人物形象从当地以捕鱼为主的习俗中反映出来。吉喜善良、宽厚、仁慈，而村民勤劳、淳朴、善良，从小说中人们能体会到阿甲渔村淳朴、和谐、美好的人际关系和民风民情。

(三) 民俗文化

民俗传承与传播的方式是多种多样的。小说本身并不为记载和传播民俗，

[①] 迟子建. 迟子建作品精华本 [M]. 武汉：长江文艺出版社，2017：74.

但小说相较民俗的口口相传与民俗志的编撰能获得更多的读者，这些读者从阅读过程中获得了有关这个民族的历史与民俗的知识，了解了远在我国版图的东北地域的人们的生活。《额尔古纳河右岸》从 2005 年出版后不断再版，并被翻译成多国文字。其实，作为大部分中国人，对偏远地域的少数民族生活也是知之甚少的，如果没有特别的原因很难去走近他们、了解他们或是去阅读相关地方志或民俗志。迟子建在这方面做了一种沟通与传播的工作，她以小说的方式，使得这样一个民族的历史、生活、民俗、现状被很多读者所了解。"直到 2015 年 2 月 8 日，《额尔古纳河右岸》被翻译成英语、西班牙语、意大利语、荷兰语。"[①] 这意味着有更多的读者通过小说知晓进而了解这个民族与他们的民俗。

迟子建的民俗叙事在新时期文学史上有着独特的地位和意义，她为乡土文学中日渐褪色的民俗画色彩增色不少，同时由于这些民俗的描绘也是基于一定区域的社会现实生活，因此也具备了一定的民俗学意义。

二、乡土世界的人性关怀与悲悯

（一）人性关怀

黑土地上的人们在得到收获的同时，却付出了常人难以想象的代价。这些都磨炼了他们的意志，锻炼了他们的情怀。在与自然做着艰难的搏斗的同时，黑土地上的人们也形成了牢固的友谊，他们热诚相待，互相扶持，正是在咀嚼这艰苦的生活中，人们体验到感动的滋味，这时那种温暖的感觉也就在人们的心里了。迟子建喜欢写那些质朴但却个性鲜明的人物，他们对生活单纯真挚的追求，忠实于个人的内心生活，沉醉于对自然、对人的爱恋，心存感恩地体验属于他们的幸福。他们的质朴、纯真、善良和对生活的热爱，使平凡的人物自身上散发出迷人的光辉。在《日落碗窑》中看到了乐于助人的乡民。刘玉香临产前突然走失，令很多人着急，而和刘玉香非亲非故的吴云华更是"急得要哭了"，自己走路不便，就让丈夫关全和、儿子关小明帮着去找。《亲亲土豆》中人们通过秦山夫妇看到了热爱土豆的礼镇人和他们朴实感人的爱情。还有《朋友们来看雪吧》中喜欢新奇玩意儿的胡达老人、与爷爷心灵相通的男孩鱼纹，《酒鬼的鱼鹰》因为善良而总是倒霉、经常醉得找不到家门的酒鬼刘年，《一匹马两个人》默默送心中情人上路的痴心男人王木匠等等，这些人物的生活中有很多烦恼、痛苦和灾难，他们要承受着命运的打击，要默默地忍

---

① 毋婀幸.《额尔古纳河右岸》英译本及其读者状况分析 [J]. 新西部，2015 (24).

受着人生的种种缺憾,而且还时常面对死亡,然而坚韧的性格和朴实的生活态度使他们度过了各种苦难,享受着流淌在他们心中的幸福。在迟子建的温情下体验到的这种复杂人性关怀,的确很让人心动。

(二) 人性悲悯

广阔的土地孕育了善良、宽厚的乡亲,在他们质朴而博大的胸怀里,出于人性的自私和愚昧所犯下的错误似乎都得到了过于宽厚的包容。在他们的内心世界里似乎更关注的是通过道德自律所达到的人性的完美。《一匹马两个人》中,老头和老太婆相伴一生,老太婆去世不久,老头追随而去,而他们身后却留下一片丰收的麦田。《亲亲土豆》中李爱杰用一堆土豆覆盖丈夫秦山的棺材,使他的坟充盈丰满起来,表达了一种特殊的爱意。《花瓣饭》中三个孩子焦急地等待被批斗的父母,父母回来后,母亲抱着一大把的野花,散落在饭里,使平常的粥饭便成了美丽的花瓣饭,使灰暗的情调,变得亮丽了。《雾月牛栏》中继父无法排遣误伤宝坠的罪恶感,郁郁寡欢抱憾去世,宝坠却在牛的世界里活得自在透明,并最终得到了同母异父妹妹的爱。迟子建认为:"中国老百姓大多处于这么一种尴尬状态中:他们既不是大恶也不是大善,他们都是有缺点的好人,生活的有喜有忧,他们没有权也没有势,彻底没有资本,他们不能做一个完全的善人或恶人,只能用小聪明小心眼小把戏,以不正当手段为自己谋取利益。在这一过程中,他们会左右为难倍受良心折磨,处于非常尴尬的状态中。"[①] 迟子建并不是完全放弃了知识分子的批判立场,而是站在一个超然的高度,以悲悯的心态体验着对乡土世界清醒而深刻的感知。目睹亲人的死亡是迟子建难以愈合的伤痛,所以死亡在她的小说中无数次借想象而得到升华。《遥渡相思》以死向爱,《重温草莓》在酒醉中与父亲的灵魂交谈,《白雪的墓园》中,母亲与父亲在墓园最后告别,仿佛亲自送他踏上远行的路途,到《亲亲土豆》,对死亡的超越似乎完全淡化为生命的自然延续,忧伤的美丽如同夕照中的河水,仿佛印证着歌德的美丽诗句:生命是自然创造的一种最美的现象,死亡只是它为了丰富生命而使用的一种伎俩。在洞察了人类苦难的真相后,她的作品中歌颂质朴、真情生活的温情更是不断地流淌。正由于温情的笼罩与滋润,迟子建驳杂的乡土世界才具有了纯净抒情的品质,感动着现代人。换句话说,迟子建并未采取当下创作经常见到的精英知识分子的叙事态度和理论立场,而是从民间的文化氛围和世态人情中走来,摹拟出或苍茫,或空灵,或浪漫,或忧郁的美丽诱人的人生瞬间。

---

① 张英. 文学的力量 [M]. 北京:民族出版社,2001:79.

第四节　迟子建笔下的生态感悟

一、生态意识的生命体验

对自然万物的礼赞是迟子建文学世界异常突出的倾向,这种文学倾向的形成与作家的童年生活环境密切相关。"对于一个文学家、艺术家的生长发育来说,早期经验更具有重大意义,它可以持久地影响到文学艺术家的审美兴趣、审美情致、审美理想。而如此重要的早期经验正是从一个文学艺术家童年时代所处的'生境'中获致的。"[1] 童年记忆在迟子建的心灵中留下了深刻的印记,进而成为她从事文学创作的宝贵财富。在《北极村童话》中,迟子建情真意切地写道:"假如没有真纯,就没有童年。假如没有童年,就不会有成熟丰满的今天。"[2] 她曾温情地回忆黑龙江畔居住的北极村:"那是一个村子,它依山傍水,风景优美,每年有多半的时间白雪飘飘……房前屋后是广阔的菜园,菜园就被种上了各种庄稼和花草……我经常看见的一种情形就是,当某一种植物还在旺盛的生命期的时候,秋霜却不期而至,所有的植物在一夜间就憔悴了,这种大自然的风云变幻所带来的植物的被迫凋零令人痛心和震撼。我对人生最初的认识,完全是从自然界的一些变化而感悟来的"[3]。童年的乡村生活、与自然亲近的经历造就了迟子建最初的生态感悟,并为其形成生态信仰提供了契机。对此,迟子建宣称:"没有大自然的滋养,没有我的故乡,也就不会有我的文学。……一个作家,心中最好是装有一片土地,这样不管你流浪到哪里,疲惫的心都会有一个可以休憩的地方。在众声喧哗的文坛,你也可以因为听了更多大自然的流水之音而不至于心浮气躁。有了故土,如同树有了根;而有了大自然,这树就会发芽了。……故乡和自然是我文学世界的太阳和月亮,它们照亮了我的写作和生活。"[4]

热爱自然的本能与对自然万物礼赞相融合,形成了迟子建质疑人类中心主

---

[1] 鲁枢元. 生态文艺学 [M]. 西安:陕西人民教育出版社,2000:210-211.
[2] 迟子建. 中国好小说 迟子建 [M]. 北京:中国青年出版社,2013:2.
[3] 迟子建. 寒冷的高纬度——我的梦开始的地方 [J]. 小说评论,2002 (2).
[4] 迟子建,胡殷红. 人类文明进程的尴尬、悲哀与无奈——与迟子建谈长篇新作《额尔古纳河右岸》[J]. 艺术广角,2006 (2).

义价值秩序的生态意识。几千年来，人类从自身功利主义视角出发，总是想当然地将人类视为唯一有价值的存在者，并根据自身的需要程度为万物制定生命的等级。从人类中心主义出发的生命等级划分，往往导致不必要的残忍与暴力。对此，迟子建指出："生物本来是没有高低贵贱之分的，但是由于人类的存在，它们却被分出了等级。这也许是自然界物类竞争、适者生存的法则吧，令人无可奈何。尊严从一开始，就似乎依附着等级而生成的，这是我们不愿意看到和承认的事实"。[①] 上述思想与现代伦理学者阿尔伯特·史怀泽（Albert Schweitzer）的"敬畏生命伦理学"完全一致："敬畏生命的伦理否认高级与低级、富有价值与缺少价值的生命之间的区分"[②]，坚持生态中心主义众生平等的原则，承认大自然各种生命都具有独特内在价值，并对维护生态系统的平衡至关重要。这种对万物生命内在价值的承认，表明迟子建的思想中已经含有生态伦理观的因子，因而她才能与自然和谐相处，从中获取生活的温馨。在生态意识的指引下，迟子建心中的动植物和人类是同等重要的，她曾自豪地说："童年围绕着我的，除了那些可爱的植物，还有亲人和动物，请原谅我把他们并列放在一起来谈，因为在我看来，他们都是我的朋友。"[③] 自然万物如作家的朋友和亲人一样"可亲可敬"，以至于她"在喧哗而浮躁的人世间，能够时常忆起它们，内心会有一种异常温暖的感觉。"[④] 正是在敬畏、仰慕、尊重大自然，又亲近、怜惜、关爱大自然的生态感悟中，迟子建把自己的生命自觉地注入动植物、日月星辰、山川河流中，展示了自然生命的灵性与尊严，以及人与自然万物平等相待、和谐相处的诗意境界。

二、人与自然的和谐

进入21世纪后，人们在追求物质文明的同时，也开始渐渐反思工业文明的"恶果"：牺牲生态与环保获得发展的工业文明，使人类生存的家园空气恶劣、水质污染，洪水、干旱、地震、海啸、冰雹等各种自然灾害已经成为世界各地新闻中的"家常便饭"。人类生存与发展应与生态文明进步并无矛盾，因此，骄傲的人类在严峻的现实面前，不得不反思自己的行为，并为人类的前途深深忧虑。

迟子建作为一名从大兴安岭森林深处走出的"自然的女儿"，也同样关注

---

① 迟子建. 逝川 [M]. 武汉：长江文艺出版社，1996：66.
② 余某昌. 生态哲学 [M]. 西安：陕西人民教育出版社，2000：150.
③ 迟子建. 寒冷的高纬度——我的梦开始的地方 [J]. 小说评论，2002（2）.
④ 迟子建. 寒冷的高纬度——我的梦开始的地方 [J]. 小说评论，2002（2）.

着这一问题。作为一名具有社会责任感和良知的知识分子，她在作品中表达了对生态危机的深深忧虑："人类的生存延续总是不知不觉以对自然资源的攫取作为手段……工业污染的痕迹几乎从每一座城市永远仿佛在雨中灰蒙蒙的天色上可以痛切地感觉到。"①

人类似乎还无法充分认识与自然和谐相处的重要意义。"在我们这样一个以人伦关系为准则的社会结构中，人与自然的关系是冷漠、疏离的。我们常常会很容易地对社会发问，而难以对自身发问、对自己的来龙去脉发问，因此，我们也很难对自然即对时间与空间真正有所发问和探寻。"② 我们从自然中获取了赖以生存和发展的物质基础，但我们却极少感恩，更不会将自然作为生命的个体给予尊重和敬畏。在迟子建的文学作品中，可以发现她对大自然具有一种天然的亲切感。在一篇涉及创作的散文《我说我》中，迟子建这样诠释大自然对于她文学创作的启蒙作用："大自然亲切的触摸使我渐渐对文字有了兴趣。我写作的动力往往来自于它们给我的感动……我出生之地文化底蕴不深厚，但大自然却积蓄了足够的能量给予我足够我遐想的空间。"③ 另外，"我觉得自然对人的影响是非常大的。我一直认为，大自然是这世界上真正不朽的东西，它有呼吸，有灵性，往往会使你与它产生共鸣……而我恰恰是由于对大自然无比衷情，而生发了无数人生的感慨和遐想，靠着它们支撑我的艺术世界。"④

在迟子建的作品中，自然界的万物都是具有生命意识和信仰追求的。比如，"冰"和"水"是"生"和"死"的表现形式："冰是寒冷的产物，是柔软的水为了展示自己透明心扉和细腻肌肤的一场壮丽的死亡，水死了，它诞生为冰，覆盖着北方苍茫的原野和河流。"⑤ 在这一过程中，"冰"和"水"为追求"生"的理想而付出了"死"的代价。正因为迟子建对自然万物倾注了生命的情怀，自然万物在她的笔下才能够拥有生命的活力和灵性，所以，自然界的万物都能够和人类成为朋友。"我是雨和雪的老熟人了，我有九十岁了。雨雪看老了我，我也把它们给看老了。"⑥ 在这样的叙述中，人与自然以平等的方式沟通交流，人与自然一派生生和谐的景象跃然纸上，她"把自己也同化进她所面对的自然，并深刻怀疑人是自然的主宰、万物的灵长这一人文主义

---

① 迟子建. 北方的盐 [M]. 南京：江苏文艺出版社，2006：22.
② 艾云. 灵魂的还乡 [J]. 上海文论，1992 (4).
③ 迟子建. 北方的盐 [M]. 南京：江苏文艺出版社，2006：278.
④ 方守金. 北国的精灵——迟子建论 [M]. 哈尔滨：黑龙江人民出版社，2002：18.
⑤ 迟子建. 北方的盐 [M]. 南京：江苏文艺出版社，2006：18.
⑥ 迟子建. 额尔古纳河右岸 [M]. 北京：北京十月文艺出版社，2009：3.

的根本主张，她宁肯让人类在大千世界里与万物平等相待，亲切相处。"①

人类以牺牲自然和环保为代价换来了经济的增长和社会的发展，而同时尝到了自己酿造的"毒酒"。人们付出的代价更加惊人、更加惨重。迟子建不禁为人与自然的命运深感忧虑。

三、生生和谐的理念

作为文学家的迟子建以知识分子的责任感和良知，用文学特有的方式为人类的生存和未来敲响了警钟。早在几千年前，中华民族的先哲们就已经意识到了人类与自然的关系应该是"生生和谐""天人合一"的图景。"和"是中国传统文化的思想精华。儒家和谐思想的基础首先就体现在人与自然、人与宇宙万物的整体性和谐，"天人合一""万物一体"的命题早已指出了人类对自然的伤害实质上是对自身的毁灭；道家的和谐观更是一种崇尚自然、敬畏自然的观念，老子的"人法地，地法天，天法道，道法自然"观点意思是自然规律即"道"是不能违背的，宇宙万物，包括人类社会的运行发展也应该遵照这个规律进行，否则会受到自然的惩罚。这些思想无一不是先哲们仁爱、平等、宽容情怀的主张和体现。

只不过在几千年人类发展的历程中，人们的自信不断增长，欲望也不断膨胀，在过于信奉"人定胜天"的信念时，却逐渐淡忘了"天人合一"的古老训诫；人们过于重视物质带来的快乐和欲望的满足，忽视了可持续发展的重要性。当感觉到那条"早已拴好而垂吊下来的圈套"越来越紧的时候，一部分人才开始警醒，而仍然有许多人仍在疯狂和迷醉着，在"饮鸩止渴"过程中，完成精神和物质的慢性自杀。

迟子建在文学创作中建立和传递的"生生和谐"的生态观念在当今世界有重要的现实意义。作为知识分子的迟子建，没有盲目陶醉在文明创造的喜悦中，她清醒地看到物质文明增长后带来的生态环保问题，并在作品中以不同的形式反复提出这些问题。从迟子建作品中形象的诉说和理性深刻的分析中，人们能够更加直接地感受到生态环境保护的紧迫性和重要性。从这个意义上说，迟子建的文学创作在文学意义之外，又具有了更加广阔的内涵，在中国当代文学之外又具有了与世界文学对话的可能。

---

① 方守金. 北国的精灵——迟子建论 [M]. 哈尔滨：黑龙江人民出版社，2002：21.

第四章 孙惠芬及其文学作品解读

孙惠芬的小说中有大量的民俗描写且有自己的特色。她把民俗作为审美对象，通过民俗表现她所关注的农民的生存状态和精神世界，同时她笔下的乡村女性形象在一定程度上折射出了作家独特的城乡观。一方面表现了现代性语境下乡村女性对城市的渴慕与追求，另一方面凸显了她们城市梦想破灭后重返乡村的身份眩惑和对自我主体精神的积极建构。

第一节 孙惠芬人生经历

孙惠芬，1961年生于大连庄河。曾当过农民、工人，杂志社编辑，现为辽宁文学院专业作家。中国作家协会全委会委员，辽宁省作家协会副主席。孙惠芬从中学时代弃学之后开始文学创作，1982年发表在《海燕》杂志上的《静坐喜床》标志着她正式进入文坛。孙惠芬最初发表文章是为了抒发自己身在农村的压抑之情，而时至今日，她早已把目光由自身转向处于社会底层疾苦的农民群众。孙惠芬曾经身为农民，现为中国作家协会委员会委员和辽宁省作家协会副主席。三十年来孙惠芬已创作出多部优秀中长篇小说，在文学界里取得不菲的成就，其中长篇小说7篇：《歇马山庄》《生死十日谈》《秉德女人》《致无尽关系》《吉宽的马车》《上塘书》《后上塘书》；中篇小说集6部：《孙惠芬的世界》《伤痛城市》《还乡》《民工》《春天的叙述》《歇马七日》；短篇小说集5部：《台阶》《嬴吻》《城乡之间》《歌者》《燕子东南飞》；散文集一部：《街与道的宗教》。其中长篇小说《歇马山庄》获辽宁省第四届"曹雪芹长篇小说奖""中国第二届女性文学奖"，除此之外，还曾获得辽省第三届优秀青年作家奖、中华文学基金会第三届冯牧文学奖"文学新人奖"等各种奖项，中篇小说《歇马山庄的个女人》获中国作协第三届鲁迅文学奖。《歇马山庄》《上塘书》《秉德女人》曾分别入围第六、七、八届茅盾文学奖。

孙惠芬的作品在北方持续几年被选为研究对象，一是因为孙惠芬一直从事乡土文学创作，而乡土文学是当今文坛的主流文学，二说明孙惠芬的作品越来越得到社会的关注与认可。关于孙惠芬的所有研究论文中，对单篇小说的研究居多，主要集中在对《歇马山庄》《歇马山庄的两个女人》《民工》《上塘书》等单篇小说的研究，对于小说的系统论述比较少，目前没有论述专著出现，所以孙惠芬的研究还处在萌芽时期，有很大的空间值得人们去探究。目前关于孙惠芬的硕士论文一共是 26 篇，有 12 篇是对乡下人进城、城乡变迁主题的论述，3 篇是对孙惠芬小说中女性形象的论述。

第二节　孙惠芬文学作品的审美意蕴

一、语言散文化

孙慧芬的作品往往都在平静温和地讲述东北土地上发生的故事，其作品的语言散文化特征不知不觉间成了文学界的共识，她的语言娓娓道来，不像萧红那般硬朗，反而像潺潺溪水一样道出真切的情感。其语言朴素但经得起细细琢磨，颇有繁华落尽见真淳的质朴意境。

首先，孙惠芬的语言通俗易懂且极具形象性，例如在《上塘书》中："然而一百年的过去和近在眼前的现实，终归是不一样的。过去再近，只能想象，不可捉摸。现实的上塘，前后街人家，只要打开风门，就鸡犬相闻了。前街人家要是有人不小心放了个屁，后街人家就可听到一声响亮的'不'，后街人家夜里睡觉不慎忘了挡窗帘，夫妻之间的亲密就被前街人家看了去。"[①] 这一句简单明了却又在其中充斥着幽默的意味。除此以外，她的作品运用了大量俗语、歇后语、方言等，这样的语言文字运用不仅使作品妙趣横生，而且向读者近距离地展示了东北辽南这片土地上的最底层的风土人情，令读者读来身临其境。

其次，孙惠芬的作品中善于结合文中人物的感受来措辞、描摹。例如在《上塘书》中，她是这样写上塘的："这时，你会觉得，上塘根本不是什么村庄，而是一个偌大的物体，这个物体，既是视觉里的，又是听觉里的，既是流动的，又是凝固的河里的水声和街上的人声相呼应，田里朦胧的雾气和冰凌耀

---

① 孙惠芬. 上塘书 [J]. 鸭绿江, 2021 (22).

眼的水气相叠印，它们加到一起，便构成了一个立体的、独属于上塘自己的生命。"① 这样的描写既抽象又具体，让读者不知不觉就沉浸、融入上塘的村居生活中，仿佛自己就置身于上塘村的田间、四季。

二、叙事视角内外结合

热拉尔·热奈特（Gérard·Genette）认为，叙事文学的叙事视角可以分为零聚焦、内聚焦、外聚焦。零聚焦即全知全能视角，也就是人们日常生活中所称的"上帝视角"，内聚焦即叙事者作为叙事作品中的一个人物存在并完成叙事的任务，外聚焦即叙事者远离故事，所掌握的内容要少于故事中出现的人物。②

《生死十日谈》中就有内外两聚焦的交叉运用，当叙事者即"我"无从得知"百草枯"和姜家堂兄弟的事件真相时，重要人物出现了，他们就是二嫂之流，他们本身并不了解事情的真相却在向旁人叙述其所认为的事情原委时言之凿凿、妄下论断。但是听到这些评断，"我"愈发想要见到当事人，后来在姜立生这位当事人口中得知，"百草枯"与姜立生是真心相爱，但这爱意的萌芽也因为姜立修的自杀瞬间破灭，从那以后两人只是这样搭伙过日子，并没有街坊四邻说的那样不堪。

"我"的采访其实是作者作为叙事者向读者讲述故事，而与二嫂相类似的街坊虽然在评述内容中添油加醋但也从一个侧面道明了"百草枯"封闭家门也封闭内心的一个重要原因。实际上，这样一个说三道四的邻居形象反而使故事背景以及故事环境更加开阔丰富，使得人物形象的来源有迹可循，也增加了整个故事的曲折性与故事性。

三、多重性环境

（一）城与乡

孙惠芬是典型的乡土作家，她笔下的故事大多发生在东北辽南的乡村，但她的乡村也不那么乡村。孙惠芬自认为，自己的创作其实是由乡到城、由城到乡继而从乡村再次出发的这样一个过程。③ 第一个阶段是由乡到城，这个阶段她笔下的城市是乡村人的向往，而乡村是乡村人极力想要挣脱逃离的地方，即

---

① 孙惠芬. 上塘书 [J]. 鸭绿江，2021（22）.
② 李孟了.《人面桃花》英译版的聚焦与叙事话语分析 [J]. 现代语言学（Hans），2021（3）
③ 郝玮刚，蔡央扬. 生命暗道 [M]. 江西：百花洲文艺出版社，2019：310.

使有一天出逃成功后经历了现实的城市里的挫败，她笔下的人物也仍不减对城市的热情与向往，而乡村就是与城市截然不同的环境面貌，更多地代表了压抑、隐忍；第二个阶段是由城到乡，这个阶段下，她的心境发生了悄无声息的变化，她曾讲自己是个"不愿怀旧的人"，可当她本人开始远离乡村时，离乡村愈远，心中对于乡村的怀恋却愈发怀恋："我的身体离乡村世界越来越远了，可是心灵却离乡村世界越来越近。"[①] 这个阶段中她笔下的乡村环境也更加深阔复杂；第三个阶段是从乡村再次出发，那时的孙惠芬回乡居住，随心理学家的朋友进行过自杀调查，她从那些身已还乡但心仍未还乡的村民身上认识到，人类真正的精神家园其实只存在于对于自我精神的超越之中，于是她笔下的所描写重点就放在了对于人物心理环境及感受的细腻描写中。

她笔下的人物所处的环境不仅包括生存窘境，而且也包含着精神困境，他们是游离于城与乡边缘的底层劳动人民，是游离于城与乡边缘的亡魂，物质上难以富足，精神上也难以得到满足，表面看来他们受到城市文明与现代化的影响进城寻求新的生存方式，但实际上，以他们为代表的乡村文明进入城市的最终目的是得到城市文明的认可。

（二）生活化的语言环境

如前文中所说，孙惠芬散文化的语言特征，俗语歇后语等生活语言的运用使得她笔下的故事极具生活气息和现实感，同时她注重注入小说的厚重感，她不追求语境的华丽而是尽自己所能去还原生活的本来面貌。

（三）关注后代的成长环境

孙惠芬于2017年出版新作，《寻找张展》，这部长篇小说一改往日风格，充满批判意味，她把视线转移到了后代（大部分是90后）的成长环境中去，关注社会批判，从中透露出她浓浓的忧患意识。

四、小人物与大世界

孙惠芬重视对小人物的摹写刻画。以《上塘书》中的人物群像为例，该小说的主人公并非单独的一人两人，而是上塘鲜活的人物群像，申明辉、张五贵、张五忱、刘立功、鞠文彩等等，这里面有农民也有读书人，有妇女也有小姑娘，他们共同组成了上塘群体并向读者展示了上塘群众的精神风貌。

[①] 郝玮刚，蔡央扬. 生命暗道［M］. 江西：百花洲文艺出版社，2019：310.

（一）侠肝义胆

孙惠芬自小生活在豪情侠气的东北，一方水土养一方人，这种豪情浸润到她的血液里，并展现在她对笔下小人物的描写中。

《歇马山乡》的潘秀英可以算得上是典型代表，她靠自己的一副热心肠行走江湖，但凡哪家有个婚丧嫁娶、购置田地、矛盾不和，经过她手都能办得妥帖稳当，她本身就充满自信，永远都是人群里的焦点，自然也会吸引许多男人的目光，但无论她的私人生活如何，村民对她从来都是尊敬有加，她是凭着自己的本事在这村子里站稳脚跟进而拥有了一席之地。

《上塘村》的判官鞠文彩是正义与仗义的化身，他所扮演的角色其实接近于潘秀英，村民在生活里遇到难题时总会第一时间想到鞠文彩，而他也总不负村民所托，妥善地处理好大事小情。孙惠芬在塑造这个人物时并没有将其扁平化处理，她在书中设置了鞠文彩与村长老婆徐兰的感情线，一方面，他是村里被人敬仰为人称颂的好大哥，另一方面他也是追求心中所爱不惜违背传统伦理的地下爱人，这种矛盾的人物侧面展示无疑使鞠文彩这个人物大大增光添彩、鲜活生动了起来。

（二）家族伦理

孙惠芬的作品大多浸润着包括家族、血脉以及伦理等因素在内的儒家文化。

《歇马山庄》中，着重介绍了月月的家族历史，她的家族是辽南出名的显赫之家，曾有祖先在朝廷做官，她的母亲一直维护着祖上余荫，尽全力去遮掩家中"丑事"。

她的作品中有一类人充当着封建大家族中的"嫡长子"角色，这一类人他们并不一定是真正的长子，但他们的角色职能却大致都是相同的。《狗皮袖筒》的吉宽是故事中真正的长子，他自父母双亡后就与吉久相依为命，所谓长兄为父，吉宽对弟弟严厉管教，当有一个可以走出村庄长见识的机会时他没有一丝犹豫就把这机会让给了弟弟而选择自己在家种地，传统家族伦理道德观中的仁义孝悌在此间尽相展现，这样一个奉献者的角色其实就是传统意义上的长子，他们担起自己在家庭、家族中的责任，支撑起一个家。还有一种"长子"，他们并非某个家庭中的长子，他们甚至可以不是男人，他们所扮演的角色就像村落的长子，与吉宽一样都有着奉献的角色特征，比如上文中提到的潘秀英、鞠文彩等人，他们是村民眼中的和事佬、村判官，乐于去维系村落的正常运行。这两类"长子"其本质都是一样的，他们在孙惠芬营造的故事的

"家"里乐于奉献甚至于牺牲自我来维护一个家、一个村落的伦理秩序。

(三) 女性群像

鲁迅先生的小说中有这样一种人物关系设定——孤独者与看客,所谓孤独者是指那些接受新思想以后试图唤醒愚昧麻木的民众共同抗争从而能够走向自由的进步青年,而所谓看客就是对于这些觉醒青年的呼唤不为所动甚至在他们遭遇不测时冷眼旁观、说三道四的深受封建思想荼毒的麻木群众,这类群众将觉醒者孤立于社会语境之外使其孤立无援,不止于身体上的损害,最要紧的是精神上的创伤。孙惠芬笔下的女性形象与鲁迅先生的这种人物设定有相类似之处,例如"百草枯"和二嫂,她创作所处的时代早已不是新中国成立以前的时代,但已经传承千百年的封建宗法观念与伦理秩序也并非那么容易消逝,这种传统观念当然是有积极的一面,但同时处于封建大家族生存语境下的女性也深受其害,当自己的诉求与"脸面"相悖,她们追求自由与爱情是不被支持的,当她们的自我与传统的观念发生碰撞时大概率只能产生精神上的迷茫与痛苦而束手无策,即使如潘秀英这种受人尊敬的女中豪杰,她也必须具有男性色彩的特质而非绝对的传统女性形象。或许,从这个角度去理解,她们与五四时期接受新思想的旧时代女性是相通的,她们处于现代思想与传统思想的交汇点,于是感到了无比的迷茫与伤痛。

五、现实与自我救赎

艺术源于生活而又高于生活,孙惠芬的作品创作有很浓重的现实主义色彩,她的作品围绕辽南的风土人情进行叙述,真实再现了当时当地底层人民的生活困境与精神困境,伴随着她创作过程的实际上就是对于故乡的矛盾挣扎以及怀念眷恋等复杂情感,她将自己对故乡难以厘清的感情糅进了故事的人物命运变化以及乡土变迁中去。

这里说的故乡指的是现实意义上的故乡,孙惠芬在作品中传达的故乡还有人的精神家园的故土、灵魂的栖息地。

孙惠芬在接受何晶采访时曾经这样评价创作《生死十日谈》时自己的写作意图:"若问想要在这本书里表达什么,我想,只一点,就是想通过死者的死,探讨活着的人该如何活着,通过活着的人如何活着,见证当代乡村生活的真相,从而呈现当代人乡下人自我心灵救赎的过程。"[①]《生死十日谈》以孙惠芬的家乡为原型进行创作,写的是辽南乡村自杀问题,写的是传统伦理与现代

---

① 何晶. 孙惠芬:我想展现当代乡下人的自我救赎 [N]. 文学报, 2013-01-24 (05).

意识之间的矛盾，小说以一种在现场的形式记录不同角色的感受、立场，折射出当下农民所面临的精神困境以及创伤，不仅敲响了关注农民内心世界预防农民自杀的社会问题的警钟，并且提出了于现代化社会语境下的乡村人甚至于城市人走出自身精神困境的解决办法，那就是实行心灵上的自我救赎，表达了对每一个身处苦难但仍坚韧前行的生命的尊重与赞美。正如孙惠芬自己在采访中所说："我写的是乡下人，是那些受苦受难的人，而写完之后我发现，它投射出的是每一个人，不管是城里人还是乡下人，不管是农民还是知识分子，因为困难、苦难如影随形，在这个变革发展的时代，事实上我们每一个人都走在这条自我救赎的道路上。"①

第三节　孙惠芬小说中的民俗描写

一、物质生产民俗

物质生产民俗是一个国家、民族的特定地区、社会群体中的民众，在一定生态环境中所创造的、享用和传承的物质文化事象，它包括：农业民俗，狩猎、游牧和渔业民俗，工匠民俗，商业和交通民俗等，它贯穿人类生产实践活动的全过程。物质生产民俗主要反映的是人与自然的关系。孙惠芬作品中的物质生产民俗则主要包括了农业民俗、渔业民俗、交通民俗与贸易民俗四个方面。

辽南地区属于海洋性气候，三面环海、一面环山，独特的地理位置造就了这里水产品丰富，海鲜品种齐全的特点，中篇《给我漱口盂儿》就针对辽南地区的渔业民俗进行了生动地描述。这里的人们出海作业通常是以潮汛为号，涨潮时，无论男女老少全部下海，不分昼夜地进行捕捞作业，浑身湿透亦乐此不疲；待到落潮时，便收获了各式各样的鱼虾，把屋里屋外、炕上地上全部摆满，将屋子里弄得和船上一样腥臭，招来的苍蝇到处飞，但忙碌的人们在此时也无暇顾及。夏天是封海的季节，是不需要出海的，这时就要把出海作业时损坏的渔网进行修补，由于渔网太大，只能从窗口拖进来放到炕上，便将窗户拆下来，再加上天气炎热，索性连门也一起拆了下来，弄得炕上地下都是沙子，晚上睡觉时稍有不慎便会沾到一身。在这不需出海的日子里，女人们是最开心

---

① 何晶．孙惠芬：我想展现当代乡下人的自我救赎［N］．文学报，2013-01-24（05）．

的，不用再按时做饭，她们每天都会聚在海滩上嬉笑。

但辽南地区并不是单一的渔业经济地区，而是渔农兼作的复合经济地区，有水田亦有旱田，既有玉米、高粱等粗粮，也有水稻、小麦等细粮作物。这里的人们在农业生产民俗方面与我国其他东北农村地区大体相似，《上塘书》中提到，人们"日出而作，日落而息"，严格遵循农业耕作的时序与节令习俗，二十四节气就是对农业生产最好的制约法则。此外，由于这里山地较多，还种植了苹果、槐树等经济价值较高的植物。其中苹果的年产量居于全国前列，故辽南还有"苹果之乡"的美誉。可以说，辽南地区独特的地理位置和气候条件决定了农作物种植的品种与半农半渔的农业生产方式。

再来说说交通民俗。《上塘书》中介绍，辽南乡间多为甸道与"山道"，甸道较窄，是水渠的堤坝，只能走单人，所以在甸道上只能单人行走，不能骑车，也不能推车。而劈在旱地里的所谓的"山道"，因为汇聚了好几条街、连着好几个村庄，弯弯转转，显得路程非常遥远，但这条道却比堤坝要宽好几倍。正因为如此，无论是马车、牛车，还是汽车、摩托车、拖拉机，都可以在这条道上跑。虽然牛马车数量较多，但作为辽南农村人重要的生产物资，人们轻易是舍不得用它来拉人的，除阴雨天外，牛马车上通常只有赶车人一人。遇到逢一逢五赶集时，人们便将手扶拖拉机、摩托车开出来，那些伺候生病老人的女人为了赶时间，便会骑上自行车加入赶集的人流中。此外，还有官道（乡道）与国道，这二者在辽南人的心中是一个意思，即都是国家修的道，但国道是柏油路面，官道则由沙土垫成，整日里尘土飞扬，虽然它们都可以通过上述简便的民用交通工具以及现代化的大客车等交通工具，但与国道相比，官道则毕竟少了几分洁净与庄严。

另外，还有贸易民俗。辽南农村的贸易分为日常贸易和简单的商业贸易两种。以《上塘书》中的上塘村为例，在日常贸易中，最重要的货物，是粮食作物、肉类、蛋类、豆腐、面馆，而商业贸易则包含了织网、织草包这样的"颇具有商业色彩"的贸易。辽南农村既有水田也有旱田，因此在日常贸易中，大米和苞米便成了最重要的货物，秋收之后，人们除了留足全家一年的口粮与应缴的公粮外，把剩余的这些粮食当作议价粮全部销往外地。

与东北其他农村地区相似，辽南农村除粮食外，猪、鸡、鸡蛋、鸭蛋的贸易也可算作日常贸易的一个重要构成部分。但与粮食相比，这些日常贸易还存在不同之处。以猪为例，不同于家家都卖的粮食，虽然家家都在养猪，但专门为了卖钱而养猪的却寥寥无几。这是因为生猪贩卖的行情并不稳定，很容易受到外界因素的影响，城里人说最近流行猪瘟，生猪的价格就偏低；而城里人又说最近有口蹄疫，价格便立马上涨。遇到价格偏低时，人们通常不急于出手，而是想等到价格回升时再卖，但等来等去，往往是以猪不爱吃食、逼得人们以低价出手而告终，可人们并不因此而气馁，因为明年价高时还可以再把今年的损失找回来。

而在辽南农村，最具有贸易意味的，也是最具有商业色彩的，是真正为了赚钱的贸易就是织网和织草包。这通常都是女人们的活计，当她们辛勤的劳动得到了回报的时候，内心充满了成就感。这些钱可以由她们自己支配，花起来是很理直气壮的，无论是买毛衣还是项链，或是回娘家时用来给父母买饮料，心里都是美滋滋的。

上述所说的贸易主要是指辽南农村，在辽南的城镇，还存在着一些百货商店、电子游戏厅、饭店、自行车修理铺、寿衣店、杂货铺、理发店、糖酒店、成衣铺、酒店等等进行商业性经营的场所。它们比城市里同类场所的规模要小，也没有城里的繁华，但却为农村人的"赶集"提供了可以凑热闹的场所，为农村人漫长的、周而复始的生活平添了许多乐趣。但与农村的日常贸易相比，毕竟少了几分淳朴与真挚。辽南的城市则与我国其他城市较为相似，现代化、商业化气息十分浓厚，民俗氛围则较为淡薄。

二、岁时节日民俗

"歇马山庄"系列里，不乏对岁时节日习俗的描写。比如众所周知的春节，亦是辽南人最重视的节日之一，可以说，辽南地区的岁时节日习俗，绝大多数都是围绕着这一时间点而展开的。春节期间，在外打工、求学与做生意的人们纷纷回家，因此，留守在家的人们在亲人归来与欢度佳节的双重喜悦心情的支配下，早早地就为过年做好了准备。刚进入腊月，人们便陆续开始着手准备年货，在辽南农村，家家都会杀年猪、蒸年糕、做豆腐。

在春节之前，腊月二十三的小年也是一个较为重要的节日，在长篇小说《歇马山庄》中就有关于小年习俗的简要描摹。小年被人们看作是年的序幕，一大早人们便开始放鞭炮，二踢脚更是必不可少的，因为人们认为它可以驱邪转运，所以，无论如何都要扔两个。另外，这天传说还是灶王爷上天的日子，所以还要举行祭灶的仪式。

到了大年三十的当天，一大早人们便要起床做各种准备活动，因此，早饭相对来说是比较简单的；午饭一般吃的稍晚，且要以菜为主，这些菜的色香味都具备较高水平，数量并不固定，但必须为双数，其中鱼（寓意年年有余）是必不可少的，晚饭（年夜饭）一般要在十二点前吃完，除了中午的菜肴外，还要吃饺子，这顿饭家庭成员一定都在，此时全家团圆，热闹非凡。吃过年夜饭，人们就要进行接神、祭祖、送神（即辞岁）、拜年、叩岁、发红包等一系列活动。

过了年三十，整个正月期间人们依旧忙碌。《歇马山庄的两个女人》中是这样描述的："正月初一刚刚站定，不觉之间，准备送年的饺子馅又迫在眉睫。接着是初六放水洗衣服，是初七天老爷管小孩的日子又要吃饺子，是初九天老爷管老人的日子要吃长寿面，是初十管一年的收成要吃八种豆的饭，当那面糊糊的绿豆黄豆花生豆吃进嘴里，元宵节的灯笼早就晃悠悠挂在眼前了。"① 说到元宵节，除了挂灯笼外，还要吃元宵，辽南农村的汉族人还要到祖坟上香、送灯，所送的灯在传统乡俗里指的是面灯，用豆面或荞面制成，再在里面添上油；而近些年的灯则主要用商家出售的现成的款式各异的灯泡代替。

出了正月，在二月初二这天要吃猪头肉，因为这天是"龙抬头"的日子。

如此，以"年"为中心的岁时节日习俗方告结束。但在辽南农村，除了"年"以外，还有两个节日颇为重要。那就是阴历五月初五的"端午节"与八月十五的"中秋节"。除了上述岁时节日，在辽南地区颇受重视的还有清明节。在这天，要举行祭祖、扫墓等仪式，祭祖的贡品多为面点类（以饺子为主，旧时也可用馒头等）和鸡、鱼、肉类等等。

三、游艺民俗

游艺民俗，顾名思义，包含了很多的民间文化娱乐活动，其内容与形势纷繁复杂，范围相当广泛，但是它并不能无限制地包括所有的表演活动。通常意义上的游艺民俗，应该是那种具有极强的民间性的，至于其具体的范围划分，则属于民俗学的专业研究领域。把游艺民俗放在孙惠芬的小说文本中进行观照，当数辽南农村地区的"扭秧歌""踩高跷"最具特色。扭秧歌、踩高跷都是冬闲时节进行的游艺活动，是在年终岁尾的农闲时期，由农民们自发组织起来的一项娱乐活动。扭秧歌的人们扮相丑怪、歌舞滑稽，以此来博取众人的欢乐，高跷则与秧歌大体相同，但要在腿下接上二尺多长的木脚。

《上塘书》中的杨跺脚女人，痴迷于秧歌表演，每逢开春秧歌队解散时，内心都会无比失落。还有高跷队伍中扮演孙悟空的张五忱，每年都要演上一段儿，自从离婚后，平日里愁苦不堪的张五忱，只要扮上了孙悟空，蹬上了高跷，便"完全变了一个人，嘴角眉心，哪哪都是情都是笑。"② 此外，《上塘书》中还就"扭秧歌""踩高跷"的场面进行了较为详尽的描写。

张五忱扮演的孙悟空，不但逗人，且技艺非凡。虽然脚上踩着二尺长的高

---

① 孙惠芬. 歇马山庄的两个女人 [M]. 北京：群众出版社，2003：15.
② 孙惠芬. 上塘书 [M]. 上海：上海文艺出版社，2015：189.

跷，却能连续蹲起二十次。还可以用两手撑地，连转二十圈之后再加三个空翻，每当有人鼓掌，便可以再加三个，以此类推。参加演出的人们演得投入，而观看的人们也满心欢喜。人们之所以每年都来看秧歌高跷，为的就是来看他扮演的孙悟空。虽然表演的内容每年都相同，但人们就是爱看，一旦有所改进，反而不习惯，觉得变了味儿。人们"眼睛看孙悟空不变的表演，心里想的，嘴上议论的，都是变化了的事。"① 张五忱在扮演孙悟空时，往往还要与观众互动，"在锣鼓喇叭声中向观众使着眉眼儿，张五忱传情，是配有动作的，他借用了孙悟空的金箍棒，不停地在女人的胸前捅，捅了这个捅那个。和观众眉来眼去，这是最最振奋人心的时刻了，她们都知道他是故意取乐，也就没有人羞愧。"②

秧歌高跷这种娱乐形式更为贴近农民的生活，它根植于农村的广袤土壤，与农民更为亲近。同时作为一种最具辽南特色的游艺民俗，与其他不同形式、不同类别的民俗事象一起，共同构成了辽南地区民俗大系。综上所述，无论是物质民俗、信仰民俗、社会民俗还是游艺民俗，它们的起源与活跃的地区都在农村，可以说，较之于城市，辽南乡村的民俗氛围更为浓厚。综观孙惠芬的小说文本，其民俗书写绝大部分都是以乡村为背景进行书写的。另外，不得不承认，对于传统的民俗，无论是在城市还是乡村，都改变不了正在被消解与断裂的命运。而孙惠芬在此时进行民俗创作，不单单是弘扬了独具特色的辽南传统文化，对于重构辽南地区的民俗文化，也具有十分重要的现实意义。

第四节　孙惠芬笔下的女性生存境况

一、忠实者的守望与无根者的流浪

（一）忠实者的守望

孙惠芬笔下的老一辈乡村女性大都一辈子没有迈出辽南乡村大地，她们一辈子固守在辽南乡村世界，她们在乡村大地上活的充实，她们坚守着自己的土地，是乡村最忠实的儿女。

---

① 孙惠芬. 上塘书［M］. 上海：上海文艺出版社，2015：186.
② 孙惠芬. 上塘书［M］. 上海：上海文艺出版社，2015：190.

像《春天的叙述》中的婆婆，对日子从来没有要求和想法，也没有自我，她的整个魂就在于外面的消息和山间的地垄里，经常风一样地窜出家门、窜进家门，闻声而动，风风火火，对于乡村生活从不知厌倦。《给我漱口盂儿》中的妈妈姜淑花，人丑、野泼，但出了名的能干，日子过得死心塌地，在婆婆与大姑子面前忍气吞声，对丈夫的打骂也总是隐忍，在家中没有自己的地位，对生活没有要求，不像婆婆和大姑子那样穷讲究。姜淑花企图通过翻新房来改变家中的地位，她每天疯子一样的上山搂草喂猪，除了喂猪做饭收拾院子，山上就是她的一片天地，每当发现山上的枯草，"她泼命地舞动双手，头发乱蓬蓬纠缠在一起，像个疯子。"① 《伤痛故土》中的三嫂是"一个没有诗意的诗意，一个没有风景的风景。她极少有乡下女人那种因贫穷劳累而生出的叹息惆怅和向往，"② 三嫂那样的女性虽没有诗意，可是对于生活来说，三嫂身上的质朴本身就是诗意的。她身上的粗糙、野蛮与火辣正散发着原始女性的美，符合辽南乡村女性的特质，她实实在在，为了生活而忘记了自己的存在，在她的思想意识里也许从来就没有"自我"这种意识。她常常一个人在山上搂草，在院里喂猪，然而心里却时时哼着小曲。"她喂猪喂鸡搂草做饭，做的是实在得不能再实在的活路，为一个小家，为一天又一天，可是她在打发日子时那个自我是什么东西早被丢得一干二净，她彻底忘了我是谁。"③ 三嫂对于乡村日子的迷恋，是人与土地与自然的融合，她活出了日子的最高境界，无我与忘我，即是另一种强大的自我。

"山村再变也喧嚣不起来，改革开放只是喧嚣了乡下人的心，而日子本身永远是鸡犬相望宁静无声，乡村永远是萧红笔下《呼兰河传》那种，不管当代人将乡村故事讲得如何斑斓多彩。它都不会摆脱沉寂、寥寞、荒芜。"④ 然而在这寥寞的乡村里，这群乡村女性，依然能安于乡村生活的沉寂，固守着对乡村生活的那份热爱，因为在她们心中没有诗意的远方，只有黑土地和旷远的自然。

（二）无根者的流浪

这里谈的"流浪"不仅是指老一辈乡村女性身体上的流浪，居无定所，还包括统治她们几十年的传统观念的瓦解，家庭中主体地位的丧失，精神家园的丢失。在乡村，老一辈女性被轮养的现象比比皆是，如《歇马山庄》中月

---

① 孙惠芬. 城乡之间 [M]. 北京：昆仑出版社，2004：243.
② 孙惠芬. 城乡之间 [M]. 北京：昆仑出版社，2004：177.
③ 孙惠芬. 城乡之间 [M]. 北京：昆仑出版社，2004：178.
④ 孙惠芬. 城乡之间 [M]. 北京：昆仑出版社，2004：178.

月的母亲,《生死十日谈》中第五日讲到的被轮养老人,在她们老年时期都要面临被轮养的下场,成为家的流浪者,因为在"月月母亲那代,媳妇永远是受命于婆婆之下,在月月嫂子这代,媳妇永远是婆母的权威,因为时代给乡村生存结构带来变化。"①

《生死十日谈》被四个儿子轮养的老人,三岁时死了母亲,就被定了婆家,寄人篱下。她一生辛勤,养育、孕育了九个儿女,其中有三个儿子,六个女儿,最终却要面临被轮养的下场。老人因习惯乡村生活而不愿意在城中的两个儿子家生活,因为在她的意识里,城市没有她的根,她生活了一辈子的乡村才是她的归处,可是在农村的小儿子家生活,又遭到小儿媳妇的排斥,老人最终沦落到无家可归的境地。同样的,《生死十日谈》中提及的高秀英老人,有四个儿子,但是她只愿意在四儿子家中生活,因为四儿子居住的房子是她住了一辈子的老房子,那里有她的根须。在乡村,随着劳动能力的丧失,老辈乡村女性到老年时期基本都要遭遇被轮养的下场,"老一辈乡村女人,十几岁从娘家嫁出来,在婆家生了一大堆孩子,到最后,要在自己的儿子家流浪,没人能知道这是一种什么样的滋味。"②她们把四处飘零的原因归结为命运,认为这都是命运的安排,而作者也认为这正是老一代乡村女人的宿命:"女人是颗奇异的种子,天生要落到别人的土地,在别人的土地上生根发芽,开花结果。到有一天,根须还在,土地不在,她们只能像颗从土中拔出的稻草,把根须卷到行李中,四处飘零……"③但谁能肯定乡村老人被轮养的现象只发生在老一代乡村女性身上,而下一代乡村女性和现代的乡村女性到晚年时期不会遭遇家园丢失的境遇,不会成为家的流浪者?

祖辈的传统女性几十年如一日地守望着寂寥的乡土,本以为坐稳了乡土"主人"这个角色,但是随着社会机制的改变,不得不做出让权的决定,她们在丢失家庭主体性地位的同时,也逐渐沦为精神上的流浪者。

二、精神上的觉醒与肉体上的反叛

(一) 精神上的觉醒

《歇马山庄》中的翁月月展示了新一代乡村女性不断成长找寻自我的过程。翁月月高中毕业,在农村算是高学历的知识分子,在乡村学校做代课老

---

① 孙惠芬.歇马山庄 [M]. 北京:人民文学出版社,2000:21.
② 孙惠芬.生死十日谈 [M]. 北京:人民文学出版社,2013:89.
③ 孙惠芬.生死十日谈 [M]. 北京:人民文学出版社,2013:90.

师，高学历、体面的工作加上姣好的容颜，所以她获得歇马山庄诸多年轻男性的倾慕，最终也理所当然地嫁给了村长的儿子林国军，做了村长的儿媳妇。但是就在翁月月与林国军结婚之后，她的命运就完全被改写了。一场大火让国军因惊吓而失去性功能，国军因此失去一个男人应有的尊严，极强的自尊心导致他的脾气越来越暴躁。月月与国军的相处开始变得小心翼翼，处处要维护国军的自尊心，在此期间，月月依然细心体贴，尽到妻子应尽的责任。"种种原因铸就的机会使月月堂堂正正走入命运的歧途。"[①] 终于月月在一次与买子的偶然相遇中，让月月发现自己内心真正渴望的不是像国军那样"举止优雅显得很有修养，四平八稳"的爱人，而是像买子那样"随意散漫、不拘小节，不管是在深渊还是在天堂，都能泰然自若"的男人。[②] 买子身上的野性唤醒了月月内心深处对自由与爱情的向往，而走上了出轨的道路。当出轨事件被婆婆发现时，月月的内心却异常冷静，果敢地承担了这份不正当的情感。面对国军的侮辱与殴打，月月最终结束了那段已经无爱的婚姻。"痴心的月月无法知道，当欲望之火点燃男人，感情早已失去应有的真实，对于女人，爱情原本就是谎言"，[③] 但是买子最终因为权势、因为想做歇马山庄的村长，而娶了老村长的女儿小青。月月虽曾经为了获得买子的爱情，变得歇斯底里、委曲求全，但当买子因失去小青想重拾与月月之间的感情时，却被月月毅然拒绝，维护了她在爱情面前的最后一份尊严。在月月与买子这段"不正当的感情"中，受伤害最大的不是国军，不是买子，而是月月，她因此受到乡村人的舆论指责，因此而失去了乡村教师的职位，但她最终并没有因此萎靡，而是重新站了起来，打掉买子的孩子，重新做回了自己，"她现在最真切的想法就是设法赚钱，使自己、使母亲真正独立。只有经济的宽裕，才能使人不再依附，真正独立。"[④] 她开始意识到真正独立的前提条件是获得经济上的独立，经济独立也是获得爱情的资本。

月月这个人物形象并不是一直呈向上生长的姿势，她也曾在感情的漩涡中失去自我，但是她敢于在被传统思想桎梏的乡村中寻找爱情，在一段失败的感情中，敢于冲出别人的舆论包围做回新的自己，这份勇气与毅力值得被称赞。她最终摆脱了守礼节、尊辈序的林家儿媳身份，摆脱了善解人意的人妻身份，摆脱了卑微的情人身份，挣脱了一切外在的角色，而升华出真正独立的自己，在涅槃中获得重生。

[①] 孙惠芬. 歇马山庄 [M]. 北京：人民文学出版社，2000：97.
[②] 孙惠芬. 歇马山庄 [M]. 北京：人民文学出版社，2000：98.
[③] 孙惠芬. 歇马山庄 [M]. 北京：人民文学出版社，2000：152.
[④] 孙惠芬. 歇马山庄 [M]. 北京：人民文学出版社，2000：506.

（二）肉体上的反叛

孙惠芬笔下有一群女性不再安于男性缺失后的身心寂寞，开始关注自己的内心世界与身心需要，开始对传统道德观念展开质疑，与乡村传统道德中的禁欲思想形成对抗。孙惠芬笔下所描绘的近似同性恋性质的姐妹情谊，是这类乡村女性尊重自我感受的最好表现。这种近似同性恋的情谊在孙惠芬的小说中多处出现，如《天河洗浴》中的吉佳与吉美、《一树槐香》中的二妹子和吕小敏、《女人林芬与女人小米》中的林芬与小米、《歇马山庄的两个女人》中的潘桃和李平。

三、在城市中迷失

随着城乡体制的改革、城市物质文明不断涌入乡村，导致乡村价值观念开始混乱，一部分乡村女性急于在新的社会关系中找到自己的角色和社会地位，不惜将自己放在钱权交易的平台上，城乡在物质和精神生活方式上的差异悬殊，都市对乡村构成巨大诱惑与吸引，于是逃离乡土，进入城市，由农村人变为城里人，便成为现当代文学史中不倦的命运主题。这类人物或是沦落为城市的性工作者，或想通过婚姻获得城市人的身份，她们是城乡变迁过程中的牺牲者，是金钱的奴役者。最具代表的如《歇马山庄》中的小青，《吉宽的马车》中的许妹娜、黑牡丹，《天河洗浴》中的吉美，《伤痛故土》中的月萍。《歇马山庄》中的小青，从县城返乡后，她全然失去乡村女性身上的淳朴性情，变为一个典型的利己主义者，在她观念里金钱是万能的，为了达到目的她可以不择手段。不惜出卖自己的肉体和灵魂。在她的思维里女人间的情谊也只不过是获取男性爱情的一种媒介，男性的爱情也只是获取利益的手段，"小青琢磨几日终于悟出其中道理——没有男人拒绝爱情，不管相差层次多高。这道理一经被小青悟出，立时变成了一个乡下女子占领城市世界的有力武器。"[①] 为了得到买子的爱情，她不惜伤害自己的嫂子月月，为了进城她又不惜抛弃自己的丈夫买子，为了能留在城市，她进校第一天，就开始设计"打钓校长"的计划，"跟校长发生关系的每一步骤，都是心情自觉设计操作，她一上学那一天就在心底做定了以女儿身换取毕业分到好工作的计划，一步一步用感情的方式打钓校长的过程是兴奋而快乐的，"[②] 她虽懂得设计自己的命运，虽懂得在男性之间游刃有余地周转，但最终还是没能以女儿身换到城市人的身份，失去了少女贞操的同时，也迷失了自己前进的方向。

---

① 孙惠芬. 歇马山庄 [M]. 北京：人民文学出版社，2000：45.
② 孙惠芬. 歇马山庄 [M]. 北京：人民文学出版社，2000：44.

第五章　双雪涛及其文学作品解读

双雪涛是一位 80 后作家，他的文学作品关注东北地区的"边缘人"，这些人在荒诞无情的现实面前无奈卑微地活着，执拗地捍卫人与人之间的信任关系，在其身上有着值得尊重的品格和坚定执着的信仰，双雪涛在书写"边缘人"的同时也有对历史和社会的反思，在日常生活经验的表象背后揭示社会生活中存在的问题和困境。

第一节　双雪涛人生经历

双雪涛，1983 年出生于辽宁沈阳。2003 年考入吉林大学法律系，2007 年毕业，毕业后在国家开发银行辽宁省分行工作了五年。

2010 年开始写作，2011 年小说《翅鬼》获华文世界电影小说奖首奖。2012 年，凭借长篇小说写作计划《融城》获第十四届台北文学奖年金，并出版首部长篇小说《翅鬼》。

2014 年 1 月起，在刊物上发表《冷枪》《大路》等短篇小说；同年 9 月，获第二届"紫金·人民文学之星"奖短篇小说佳作奖。

2015 年，进入中国人民大学首届创造性写作研究生班进修。

2016 年 6 月，出版首部小说集《平原上的摩西》，书中共收录《我的朋友安德烈》《走出格勒》等 10 篇作品。

2017 年 8 月，出版小说集《飞行家》，书中收录了《跷跷板》《光明堂》《刺杀小说家》等小说；同年 10 月，中篇小说《平原上的摩西》获第十七届百花文学奖中篇小说奖。

2018 年 5 月，参加的央视节目《朗读者第二季》第二期播出；同年 9 月，入围首届宝珀理想国文学奖的决选名单。

2019 年 7 月，出版小说集《猎人》；同年 11 月，改编自其短篇小说的电影《平原上的火焰》项目启动，双雪涛担任电影艺术总监；12月，2019年收获文学排行榜发布，双雪涛小说《起夜》摘得短篇小说榜第六。

2020年5月，推出长篇小说《聋哑时代》完整版；同年10月28日，获得第三届宝珀理想国文学奖首奖。

2021年2月，参演电影《刺杀小说家》上映；同年8月，小说选集《侦探·工匠·小说家》出版，书中收录其部分作品及创作谈，以及关于双雪涛的文学评论；12月16日，当选为中国作家协会第十届全国委员会委员。

第二节　双雪涛小说的审美特征

一、"讲述"与"回忆"交叉

雪涛的作品不是单纯依照线性时间顺序进行事件的还原，也不是通过某些异质性因素的挖掘实现对惯性观念的冲击与颠覆。他的作品不再致力于通过历史获得理解，而是通过理解建构历史，并通过这样建构出来的历史影响并生成对当下的理解。双雪涛的作品中所呈现的历史观已经不再是传统意义上的历史观，也不是"新历史主义"式的历史观。而是带有明显存在论转向意味的历史观。

在《平原上的摩西》中，双雪涛通过不同人物的第一人称视角，"讲述"和"回忆"了一系列事件。这些事件中，有三个时间点需要加以特殊的关注：发生在过去的历史、矛盾冲突最为集中的杀人事件以及当下。三个时间点均是在"讲述"与"回忆"中充满张力生成的。首先，"讲述"使过去的历史逐渐趋于清晰，过去与当下的距离感不断消解，而"回忆"却使历史成其为历史，或者说为历史提供合理性与合法性的依据，因为只有发生在过去的事件才能称其为历史，才能被回忆，也只有通过回忆才能记录历史。《聋哑时代》几乎可以看作是一部青春成长的创伤史，而那些微妙的情愫则似乎只能永远消逝，即便当事人自己也会在时间的流逝中忘却，这在某种程度上也是双雪涛将那个时间段定义为"聋哑时代"的重要原因。"聋哑"并不是生理性的缺陷，而是在模糊历史演进中不自觉地丧失接受与表达的能力与渴望，而这则又可以引发进一步的追问，历史是在"回忆"与"讲述"中变得模糊还是本身就是模糊的？如果说是前者，那么"讲述"与"回忆"则不再具有存在价值，因为其存在的意义正是对历史的还原，而如果是后者，那么"讲述"与"回忆"

也似乎不再必要，因为既然历史本身是模糊的，就没有使之清晰化的可能，但现实上却是没有人愿意放弃"讲述"与"回忆"，因为"讲述"与"回忆"为个体提供了生存的可能性，个体只能在"讲述"与"回忆"中才能确立自我，也才能在时间的坐标中明确自我的方位。人类创造各类文化的动力性因素就在于对变动不居的世界的规律性认知冲动，而这样一种生命的感知与体悟，则已经彻底超越了边缘性经验的束缚，而上升为普遍性的人类学与文化学的反思与追问。

其次，情节冲突最为集中的杀人事件在"讲述"与"回忆"的双重作用下变得扑朔迷离且意味深长。在庄树、赵小东等人的讲述中，警察蒋不凡之死成为连接作品中出现的所有身份不同、性格各异人物的重要纽带。所有人的人生际遇和精神图景似乎都可以从这一事件中获得相应的逻辑理解。这一事件也因此具备典型性与唯一确定性。但是，当作品走向末端，当事人的回忆不可避免地对读者之前形成的既定观念造成冲击，杀人事件出现了新的可能性。虽然这种新的可能性相较于历史的确定性缺乏现实的说服力，而作为旁观者的读者和事件调查者的庄树本人似乎更愿意接受前者。当庄树和李斐在湖中泛舟并将事件的始末澄清之时，作品先前的冷静与平淡突然之间转向热情激烈，而作品也到此戛然而止，留给读者无限丰富的联想与反思空间。

在《平原上的摩西》中则出现了不可避免的翻转，因为从"历史与逻辑相一致"的原则出发，"讲述"中的事件自然具有典范意义，是不能被忽略的，而在"回忆"中的同一事件却因为出现新的可能性而使这一事件丧失先前的典范意义，沦为历史的偶然。在这里，双雪涛以形象化的方式切入历史与文学的深层次分野，历史研究必须遵循恩格斯所倡导的"历史与逻辑相一致"原则，否则只会陷入历史决定论的独断与历史相对论的偶然，而文学则是要对被历史忽略的事件进行重新挖掘，将被尘封的性灵挣扎予以激活。恰恰是这些被逻辑理性所遮蔽的个体性构成了文学创作的不竭动力，也为灵魂的深度开掘与复杂人性密码的探秘提供着无限的可能。双雪涛的精到之处就在于他窥破了这一辩证关系，以边缘性经验的极致化书写完成对个体性经验的普遍性传达与审美性生成，从而在历史与偶然、个人与群体、边缘与中心、回忆与想象的多重关系中自由游走，酣畅淋漓地书写人生的苦涩、命运的无常、生命的坚韧与人性的尊严。

二、自我的执迷与执着

在讲述与回忆的张力结构中，有一内在动力是不能被忽视的，即自我的执迷与执着。凸显自我、张扬个性是学界对"80后"写作的普遍性认知，甚至在某种程度上成为一种概念化的标签，但是同为"80后"的双雪涛却显得异常老成持重，他的创作并不是为了张扬自我而关注自我，而是把自我作为探寻生命密码的绝密通道，在对自我的多维度开掘中实现灵魂的哲学化追问。同时，"自我"也是双雪涛唯一信赖与依靠的对象，一切似乎都可以在价值的终极追问中丧失存在的合理性而走向虚无，唯有对自我的执迷才能获得对现实的真正把握，即便这个把握带有明显的虚幻性和自欺性色彩。似乎在双雪涛看来，世界已经是这样的混乱与无序，唯有在对自我的执着中才能实现精神的突围与价值的确认。自我是建构世界的唯一可靠方式，自我不仅是对自我的认识与反省，更是将世界对象化的前提，只有把握住了自我，世界才具有意义，自我身份也才能获得根本性的认同。这样的理念贯穿着双雪涛的创作始终。

自我是通过自我与他者双向建构的，在具体的建构过程中，自我总是让位于他者，或者说真正决定自我的并非是自我而是他我，这也是双雪涛作品中总是无处不在的弥漫着悲凉气息的根本原因所在。《聋哑时代》可谓是"80后"的成长创伤史与心灵挽歌，这些处于青春期的孩子在超出自我认知能力的环境中只能凭借本能确证自我，他们渴望被认同，迫切希冀精神危机的超越，但在缺乏良性引导的环境中，他们只能以出格的行为与非常态的举止来获得自我身份的认同，但结果总是适得其反，残酷的现实拒绝接纳他们，他们总是在自我迷失中彷徨，并在这种无奈与无助中长大。安德烈、安娜、吴迪都是有着强烈个性的少年，他们有着聪慧的天资和不被常人发觉的天赋，但是这些天资与天赋却只能在他者有意无意的漠视中被埋没，最终要么像安德烈那样极端地走向精神的崩溃，要么像李默那样成为沉默的大多数，而无论是前者还是后者都无法逃离边缘人的命运，他们的喜怒哀乐与爱恨情仇只会随着时间的推移而彻底消散，即便他们自己也会出现记忆的模糊并对曾经的自己产生怀疑。在这里，双雪涛将成长类创作推向新的高度，不再以普遍性的成长创伤与青春爱恋打动读者，而是以异质性的边缘性经验挑战并冲破模式化的认知，以个体性的生命感悟切入普遍人性这一永恒文学母题，实现审美意蕴的全新开拓。

三、现代悲剧的日常演绎

如果说双雪涛的创作是以"讲述"与"回忆"的方式作为自我执迷与执着的外部彰显，那么对现代悲剧的日常演绎则是自我执着与执迷的终极走向。双雪涛的创作基本上没有紧张激烈的情节冲突，也没有惊心动魄的价值毁灭，更缺乏香消玉殒的生命消逝。双雪涛只是将叙述的视角投向平凡而普通的日常生活，只是这种生活渗透着无边的绝望与难以名状的无奈，并伴随着无法逃离的压抑与窒息。同时，双雪涛最为深刻之处在于他敏锐地洞察到真正具有悲剧意味的不仅仅是生活的无奈与无助,更在于绝望感以及这种绝望感所引发的生命强力的消退和冲动渴望的丧失。因此,从这个意义上来说,双雪涛的创作带有明显的现代悲剧意味,"没有尖锐的矛盾冲突,也没有两种对立力量的具体较量,有的仅是平淡、无聊和荒诞的日常性事件,在这近乎'无事的悲剧'中,人为自己所创造的文化所压迫、束缚,带孤独、无聊、怀疑乃至绝望的情绪看着自己和周围的世界,悲剧主人公消退了命运悲剧中的那种绝望反抗的斗争意志,也丧失了道德悲剧中的那种孤独挑战的执着精神"[1]。

《平原上的摩西》在看似随意的日常生活记录中演绎着每个人不一样的心灵创伤与精神危机,在普遍性的孤寂与无聊中揭示出已经趋于常态化的绝望。双雪涛以他满怀救赎情怀的笔触深刻传达出可怕的并非是生活的苦难与命运的无常,而是在这种环境下催生的绝望情绪的弥散及其普遍化与日常化。每个人似乎都不再因苦难而痛苦,因此也就不可能真切地体会到他人的不幸,心灵敏感的丧失才是最为痛彻骨髓的悲剧。出身书香门第的傅东心本来已经在内心上接受了从知识分子到工人的角色转换,但是她并没有放弃知识分子的精神追求,她要求丈夫不干涉她读书和给李斐上课的行为都表明她在精神维度依旧进行着某种坚守。但是,当她无意中获悉丈夫居然是杀害自己父亲好友的凶手之时,她最后的精神阵地也随之沦陷,特别是联想到自己父亲也同样惨遭毒手,傅东心再也难以维持对丈夫的爱,即便他们的婚姻没有因此而终结,情感却已完全不复存在。而且最具悲剧意味的是,傅东心因此甚至对亲生儿子也难以维系应有的母爱。她放纵少年庄树的自我堕落,将母爱转移到李斐身上都是对现状的畸形反抗与病态自戕。双雪涛总是善于从这些边缘性的日常生活经验中捕捉内蕴着灵魂创伤的细节,有机对接到人类共同性的情感体验与心灵感知,并在极致化的形象展现中完成悲剧氛围的绝佳营造。

尤为难能可贵的是,双雪涛并未止步于此,他没有满足于悲剧本身的揭示与呈现,而是在此基础上进一步展开对悲剧的反思与追问,进而将作品从单纯的爱与善的情感呼唤升华为哲学式的精神慰藉与宗教式的道德救赎。

---

[1] 张福贵.人类生存的悲剧历程——悲剧艺术形态的历史批评[J].戏剧文学,1992(10):50-54.

第三节　双雪涛文学创作中的"东北书写"

一、排斥在历史之外的"参与者"

中华人民共和国成立之初,东北老工业基地作为共和国的长子,无比辉煌,然而时代车轮滚滚向前,国家经济由计划经济向市场经济的转型必然导致工人下岗。大量的下岗工人被时代"抛弃",无所依傍,游荡在社会当中。他们是历史的参与者却被排除在历史之外,东北是老工业基地,而东北人却被排斥在其外,好似外乡人。而在主流的书写当中这些内容是很少被发掘的,《平原上的摩西》里,引出警察蒋不凡被打伤最终致死的,是连环抢劫杀害出租车司机案,这起案件里被误当作凶手的李斐父亲——李守廉就是下岗工人。虽然工厂的崩溃早有预兆,可是对于钳工李师傅来说,他接到下岗通知却是突然的。同样,《大师》里的父亲,痴迷下棋,曾是仓库管理员,时过境迁,看仓库的活儿也成了美差,非争抢无法胜任。父亲就被迫下岗了。双雪涛以一个青少年的视角参与到父辈在经历变革之后的生活中,在这样客观冷静的叙述中凸显出作为"参与历史"的工人的漂泊状态。

与此同时,导致工人们被城市"抛弃"并且形成一种流浪状态的原因实则是双重的。这不仅仅来源于外部的刺激,更多的是这些父辈的内心深处隐藏着的性格属性,那是质朴、老实,甚至可以说是有些懦弱的一代。《无赖》里的胡同拆迁,"父亲从工厂下班之后,拿起'政策'仔细读过,对我们说:说啥也没用了,准备搬家吧"[①]。可见,作为参与历史的父一辈,他们无法左右自己的命运,他们被动听从理解不了的"政策",在社会发展和前进中被无奈地淘汰,湮没在历史之中。

二、实现自我救赎的"先知"者

艳粉街的故事更与双雪涛的记忆和经历相连,城市的历史经验与他的个人经验是同构的。双雪涛是出生于沈阳市铁西区的工人子弟,艳粉街就是他现实的成长环境。双雪涛没有像其他80后作家那样,被物质消费、大众文化、网

---

① 双雪涛. 平原上的摩西 [M]. 北京日报出版社,2020:179-180.

络技术等因素渗透，或者沉溺于个人青春的残酷与虚无，他追求确定价值与导向意义，试图"摸到一点更大的东西的裙尾"，展现出与以往80后文学不同的思想深度。双雪涛从写自己熟悉的生活开始，经由个体经验切入叙事，找寻被话语遮蔽的历史，书写被侮辱被损害的人，这是双雪涛的文学自觉，也成为他重要的写作主题。

对于双雪涛来说，东北既内化为他生命和记忆的一部分，也成为供他观察、想象和言说的他者。一方面，双雪涛以现实中的艳粉街为原型搭建小说的叙述空间，再现了艳粉街的日常生活图景。光明堂、煤电四营、红星台球厅、艳粉小学等特定地点纷纷在小说中出现。通过阅读《光明堂》等作品，读者甚至可以清晰地勾勒出一张艳粉街地图。双雪涛以此来消解市场经济转型以来对东北的固有认识和普遍想象，甚至妖魔化的东北印象，塑造一个严肃的、有血有肉的东北。另一方面，双雪涛的小说创作并不是在记录和反映真实的东北，而是通过将现实素材分解、重组，以模糊、隐喻的手段完成意义的再造，构建新的精神世界。双雪涛于2015年离开沈阳来到北京，外地生活使得他可以拉开距离回望故乡，从而产生新的理解和判断。小说家的身份使他运用想象和虚构的方式，尝试用叙述方法和故事技巧处理材料，创造自己内心的真实。现实中，艳粉街已经在紧跟时代步伐的改造中成为高楼林立的城市新区，双雪涛描述的艳粉街更多带着主观化的色彩，在细节上与现实产生偏移和错位。现实的艳粉街位于沈阳西面，但在小说中它处于城市的最东头；小说中的艳粉街经过文学想象的加工，宛若圆的蚊香圈，几乎是封闭自足的独立场所，这也与现实中艳粉街四面延展的样貌有所差异。甚至双雪涛还会在现实叙事中穿插虚幻的梦境和水下世界，达到虚实相生的效果。可见，地域是理解双雪涛小说的重要因素，但地域仅是双雪涛介入现实的路径，而非双雪涛创作的全部目的。避免以地方的标识限定和塑造双雪涛的创作，才能挖掘出双雪涛小说更丰富的内涵。

文学最终是要揭示人类普遍存在的问题，并且给出答案的。工业文明带来了人的异化、欲望的膨胀以及世界的虚无荒诞，而所谓"先知"就是，在绝望中坚守信仰，在不断重复中找到生命本真的含义，实现自我的解放和救赎。

三、执着前行的"孤独个体"

双雪涛用冷峭、内敛的语言写出了东北现代化转型历史进程中的残酷和混乱，但他小说坚硬的外壳下蕴藏着温暖而悲悯的内核。他关注普通人的存在和价值，用文学的方式给予平凡个体生命的尊严和不被遗忘的权利。对于人而言，时间必然流逝，死亡注定到来，死亡作为最终的结局凝视着渺小个体的生活，带给人生命的虚无感。更何况在现代社会中，人被政治、技术、历史等力量超越和占有，人的具体存在和生活的世界犹如宿命般暗淡。人被时代摆布，无法把握自己的命运，感知到自身的不合情理和无意义而逐渐与自己的生活离异，这成为困扰当代人的精神困境。但生命的意义便在于即便终点是虚无，人也在对自我的认同与坚守中实现精神的突围。每个人都是自己的"摩西"，终其一生不断跋涉，找寻自我的价值与尊严。双雪涛试图在小说中书写人的坚强与执着，探索人无限的可能性。他从自己的上一代人——经历了东北工人下岗潮的工人们身上看到了旺盛的生命力和恒久的精神力量，所以，双雪涛塑造了一个个形态各异、血肉丰满的父辈形象，挖掘他们人性中的闪光之处，展现人对现实的反抗与超越。由此他以文学的方式回归人本身，从自我的维度构建世界的意义。

双雪涛小说中书写的人物多是被历史大潮撞击的失败者，他们穷困潦倒、处于社会边缘，在生活的泥泞中浮浮沉沉。但他们有异于常人的坚持和信仰，同苦难人生做抗争，完成自我救赎。所以，他们大多不是庸人，而是执着前行的孤独个体，是奇人、疯人，在个人与时代的错位中坚守自己的位置，人性的光辉在他们身上反而能看到更多。比如，《大师》中，双雪涛以自己的父亲为原型塑造了一个棋痴。《大师》中的父亲是拖拉机厂看守仓库的工人，后来下岗，婚姻破裂，生活穷苦，浑浑噩噩度日，唯独痴迷下棋，棋艺高超而且做人通透，不计得失。父亲不以棋赌物，在棋局上不把人逼向绝路，有收有放。在与和尚的棋局中，父亲本来可以赢，却故意输了，让"我"叫了和尚一声"爸"，和尚是没有亲人的苦命人，父亲大度让棋，成全了和尚的心愿。这份胸怀和气度让父亲在棋局内外都成为"大师"。在《飞行家》中，李明奇怀着制造飞行器的伟大梦想，但他的梦想因为超出了时代而难以实现，即便经历了各种失败，李明奇也从未放弃，最后他设计出的飞行器是热气球，他要乘坐热气球远走他乡，做一场一定会失败的试验，但"就算李明奇最后失败了，也没什么大不了，人生在世，折腾到死，也算知足"[①]。通过塑造这些奇人、疯人，书写他们顽强的生命意志，双雪涛表达出了他对于生命的敬重和热爱。

双雪涛将20世纪末至21世纪初的世纪之交的东北作为叙述对象进行文学的虚构，以回望过去的姿态讲述现在和未来，书写平凡人的苦难生活以及他们在困境中的自我坚守，展现平凡人人性中的光芒。在他的作品中，人们看到了人文主义的底色、对文学精神价值的坚持以及一份作家的严肃承担。作为一个"晚熟"的作家，双雪涛的小说创作还有着更丰富的可能性，人们有理由期待他未来创作出更多、更好的作品。

---

① 双雪涛. 飞行家 [M]. 桂林：广西师范大学出版社，2017：166.

第四节 双雪涛笔下的"边缘人"群像

一、命运不济的底层失败者

成长主题是 80 后作家经常书写的一类题材，在双雪涛的小说中不仅仅写出 80 后这一代人的成长记忆，而且写出了父辈生活的辛酸和苦楚，他并没有以这些在底层奋斗的父辈为主视角，刻意去表现他们不济的命运和失败的真相，而是将这一类人融入小说的背景或细节中，去勾勒他们艰难的生存状态。《聋哑时代》中下岗后靠卖煮苞米供我上学的父母，终年以卖猪肉为生的霍家麟的爸妈，卧病在床第十个年头的刘一达的父亲，都为了下一代而坚强无奈地活着。《大师》里终日穿着儿子校服发呆的父亲和刑满释放孤独失意的"和尚"，围绕下棋展开了一场落魄者的较量。《跛人》中离家出走的"我"在拥挤的绿皮火车偶遇的陌生人，他卖过东西，修过自行车，还在火葬场给人挖过坑，他那修长的刀疤和一条空荡荡的裤管让"我"警醒。《无赖》里被生活所迫穷疯了的无赖老马，让本就捉襟见肘的父母更加绝望，无论是寒冬中无处可去的父母，还是如孔乙己一般可怜的老马都是社会的多余人。《光明堂》里因为父亲买不起煤而到三姑家寄宿的"我"，发现外表光鲜的三姑一家生活也十分萧条，也在为房租的事而发愁。《飞行家》里年过半百依旧在研究飞行器的姑父，和庸碌无为患了抑郁症的表哥一样令人担忧。双雪涛笔下的这些人物就生活在社会之中，或无奈或落寞地活着，他们不是无病呻吟地伤春悲秋，而是实实在在游走在社会底层有血有肉的灵魂。

双雪涛出生在 20 世纪 80 年代的东北，20 世纪 80 年代对双雪涛来说是成长的起点，而对东北老工业基地来说却已经到了风烛残年，他笔下的故事多发生在铁西区的艳粉街，因为艳粉街是他自小生活的地方，所以他对这些底层社会的人们最为熟悉，也能将那些在底层奔命的父辈形象刻画得如此真切。在双雪涛的小说中多次提到考上高中要交 9000 元学费和父母卖煮苞米或卖茶叶蛋的情景，这是因为作者也曾有着相似的经历，成功人物形象的塑造需要细致入微的外部观察和敏感独特的内心体验，双雪涛在小说的创作谈中也曾提到写小说需要依靠自己的感觉，既要观察别人，也要再回归到自己内心的感觉。在《聋哑时代》中作者曾有一段描述在校门口报摊的小贩遭遇城管的情景："有的时候城管来抓，卖饮料的抬腿就跑，卖海报的把毯子一卷，也抬腿就跑。卖鸡排和羊肉串的可不行,这些人多是夫妇,一个推着车,还得小心上面的炉子别掉下来,一个拎着锅和生肉,互相提醒呼喊着跑走。有的时候正赶上几个学生拿了肉串或者鸡排还没给钱,这是让小贩最头疼的,一边喊着另一个快点跑,一边从学生手里抓钱,同时还得目测城管和自己的距离以及城管推进的速度。"① 这段描写不仅真切还原了在学校门口摆摊小贩困窘的生存境遇,而且体现出双雪涛对日常生活细节细致入微的观察能力。

二、孤独绝望的叛逆少年

在社会底层默默奋斗苦苦支撑的父辈们被生活的重压抛到了社会的边缘,处境优渥的富家少年也同样找不到人生的价值和意义,只能以伤害自己的方式与世界对抗,他们是"精神的漂泊者"和新时代的"边缘人"。双雪涛笔下的这类少年形象往往有着不错的家世背景,他们的父母都是高收入或高级知识分子,有着丰厚的物质条件,本该成为令人羡慕的对象。然而,这些孩子却常常得不到家人的温暖和关爱,内心封闭而孤独,从失望无助地消极反抗,到自暴自弃地离家出走或自杀,作者用真诚的文字向读者呈现出这类边缘少年的人生困境。

《聋哑时代》里的安娜是"我"的初中同学,在"我"的印象中她是爱说脏话喜欢打架的女生,她不停地逃课、和不三不四的人混在一起,是一个典型的青春期叛逆少女。大学时代因为偶然机缘再次相遇,她请我去她家做客,当"我"真正走进她那豪华的大房子时我才了解到她的叛逆性格背后的另一面,小时候的她获得过许多书法、钢琴、舞蹈比赛的奖状,然而无能的父亲、强势的母亲和随时可能的家庭暴力,让她在家里感受不到一丝关怀和爱意,当他刚刚喜欢上弹钢琴时,母亲却为了让她考上好高中决绝地卖掉了钢琴,可见在父母那里,孩子不是具有独立人格的个体,而是任由他们摆布的工具或是拿出去和朋友炫耀的玩偶,当"我"得知安娜的遭遇后不禁心生悲凉,那些曾经在她生命中出现的闪亮碎片散在角落,如同眼前这个孤寂落寞的少女一样让人心疼。作者没有故弄玄虚地张扬青春的伤感迷茫、彷徨无聊,而是真实地写出了富裕的家庭缺乏父母关爱孩子的真实处境。

三、倔强偏执的落寞奇才

双雪涛笔下的另一类"边缘人"是有着独特技艺的"奇人"形象,这些

---

① 双雪涛. 聋哑时代 [M]. 北京:北京十月文艺出版社,2016:66.

人在生活的某一领域都有着超常的才华,但却特立独行、坚持自我,偏执而不愿主动融入社会:《聋哑时代》中的天才少年刘一达,《亲爱的安德烈》中才智过人却我行我素的安德烈,《大师》中痴迷下棋而置其他于不顾的父亲,《长眠》中孤独寂寞的诗人朋友老萧以及《间距》中才华横溢生不逢时的编剧"疯马",他们都有着强烈充盈的自我意识,正是这种自我意识使他们陷入自我与外在世界的深重矛盾中,成为被社会抛弃的"边缘人"。

《飞行家》中的主人公李明奇便是这样一个有着对世界独特思考的奇人,从20世纪60年代开始李明奇就沉浸在制造便携式飞行器中无法自拔,他固执地坚守着自己的飞行梦想,在旁人看来滑稽可笑,他却视为信仰且从不怀疑和放弃。小说中有一段青年时期的李明奇站在房顶上和岳父高旭光探讨飞行器的设计和应用的场景,当他手舞足蹈地宣讲完后,又回到屋子里将放在炕上的织了三分之二的毛衣飞快地织完了,这段细节描写用幽默的方式和看似调侃的笔调写出那个年代李明奇们的理想与现实,让人看了笑中带泪、不胜感慨。这些所谓的奇人不过是普通人对生活的一种坚守,作者用他的笔写出了这些独特个性者身上的善良和光芒。

第六章　21世纪东北文学的新发展

21世纪以来，东北文学有了进一步的发展，意蕴丰富的小说、充满哲理的诗歌、直击灵魂的散文以及由报告到传记的写实文学等共同构成了东北文学的新风貌，本章即对此展开研究。

第一节　意蕴丰富的小说创作

一、蕴含两种情结的刘兆林小说创作

伴随着时代的发展，东北文学也逐渐丰富起来。21世纪，东北地区更是涌现了一大批著名作家，其中就包括刘兆林，20世纪80年代初期，刘兆林就已经名声大噪，一直以来，他都以军旅作家闻名。《雪国热闹镇》《啊，索伦河谷的枪声》就是他的成名之作。与普遍意义上的军旅文学有所不同，刘兆林的作品显然打破了传统的以英雄主义为中心的创作模式，他的作品更多地面向军营生活，擅长塑造真实的人物形象，他笔下的人物一般都蕴含着浓厚的情感意识。于1996年，刘兆林开始创作长篇小说《不悔录》，经过十年的努力，最终于2005年完成，这一作品运用了现实主义手法生动形象地刻画了处于转型期的作家的生活，迄今为止，《不悔录》仍然在知识分子题材小说中占有重要地位。

不同作家的文学作品有不同风格，刘兆林，作为军旅作家之一，他的作品往往具有既严肃又活泼，既质朴又充满韧劲的特点。一直以来，刘兆林都更倾向于创作写实的文学作品，在其作品中往往蕴含着悲剧色彩。对于当下飞速发展的时代来讲，真诚显得极其重要，而刘兆林始终带着真诚的态度进行文学作品创作。事实上，从某种意义上来讲，刘兆林作品中所蕴含的苦难情结就是对当前浮躁时代的洗礼，同时也是对人们内心深处价值观的深度审视。无论如

何，真诚是刘兆林文学作品的显著特点之一，而作品中所蕴含的悲剧色彩则凸显着真实的人生。

一直以来，刘兆林所创作的文学作品中几乎都蕴含着"我"这一元素，不仅在散文中常常出现"我"，而且小说中也会有"我"的身影。事实上，作品中所提到的"我"基本都是指刘兆林本人。与散文有所不同，小说极具虚构色彩，尽管如此，刘兆林还是会将自己的生活态度等赋予小说主人公。这样一来，当读者阅读刘兆林的小说时，便可以从中深切体会到作者本人的思想以及价值观了。在刘兆林眼里，小说的故事情节是用来展现主人公的心理变化以及性格发展的。在刘兆林的许多小说里都塑造了一个"我"的形象，其中比较著名的短篇小说作品有《我家属》《违约公布的日记》《爸爸啊，爸爸》等，而《妻子请来的客人》则是比较著名的中篇小说。这些以小说中所塑造的以"我"为主人公的形象通常都与刘兆林自身有着极高的相似度。

人们往往可以透过作家的文学作品来探寻其人生经历，无论如何，很多作家所创作的作品中都有意无意透露着自己的人生经历。刘兆林也不例外，他的童年、青少年经历，都在很大程度上通过影响个人性格来间接影响文学创作。刘兆林将自己的人生经历宣泄在文学上，这就形成了蕴含悲剧色彩的文学作品。事实上，在刘兆林的作品中也不乏温情。比如，刘兆林的中篇小说《啊，索伦河谷的枪声》的续篇《黄豆生北国》中就描绘了爱与温情，小说中的人物之一，李罗兰在经历丧夫之痛后，仍然选择原谅战士刘明天，不追究其撞死丈夫的过失。而后当刘明天入狱之后，李罗兰依旧保持善良，不仅给其写信，还会邮寄书信，给予刘明天温暖的关怀。除了《黄豆生北国》之外，刘兆林的《雪国热闹镇》中也透露着温情，正是这类充满爱与温情的人物为刘兆林的作品增添了爱与感动。

二、基于灵魂拷问的金仁顺小说创作

作为21世纪的东北作家，金仁顺是名副其实的"70后"著名作家。她的文学作品主要有《仿佛一场白日梦》《月光啊月光》《爱情冷气流》等，另外，金仁顺还创作了影视作品《绿茶》。

毕业于吉林艺术学院戏剧系的金仁顺，具有丰富的戏剧文学修养，这使她的文学作品看起来更加形象生动。一直以来，金仁顺的小说都秉承着干净利索的理念，通过对爱情、人性的探索来深入李姐现实世界。

自创作以来，金仁顺便描绘了很多爱情故事，其中比较具有代表性的小说就是《水边的阿狄丽雅》。

通过阅读这篇小说，人们可以发现金仁顺在小说中描绘了两类的女性，她们都是边缘人物。其中之一是高学历的女硕士，性格木讷，少言寡语，另外一名女性是欢场女郎，与前者形成了鲜明对比，女郎性格放荡。虽然女郎并未真正出场，但通过女硕士的描述，其形象便已经明朗。小说中的女硕士一直在相亲，但由于自身的平庸、木讷，而使得相亲都无疾而终。从故事的表面来看，女硕士似乎对生活、爱情都有追求，以积极乐观的态度来面对人生，然而事实上，并非如此，深入阅读之后会发现女硕士的所作所为实则是对现实的一种讥讽。在女硕士的相亲过程中，时常会出现尴尬冷场的现象，这时，她便会给别人讲关于朋友朗朗的故事。"男人们听到我讲朗朗的故事时，四处飞动的目光会收紧翅膀，老老实实地停留在我的身上。"[①] 显然，郎朗的故事能够使男人的目光短暂地停留在女人身上，这可以理解为毫无姿色的女硕士寻找爱情的努力，也可以更深入地理解为对爱情、对男人的嘲讽。

作为一名女性作家，金仁顺的文笔显然更加细腻，无论是在情感描写方面，还是人物描写方面，都极为细腻。小说的主线是陈明亮不断探知女硕士和朗朗，同时小说中融入了金仁顺对爱情的理解。在金仁顺的观点里，爱情并不是纯粹的感情，人们在爱情中应该保持清醒。陈明亮和女硕士之间的爱情与郎朗的故事相似，既真实又虚幻。女硕士内心世界的崩塌与重建实际上就是金仁顺所探求的爱情。故事的结尾，女硕士与郎朗彻底融为一体，表面来看，这似乎赞扬了爱情，但实际上模糊不清，这样的结尾留给了读者无限的想象空间。小说看似是不停地探寻爱情，实则其中也蕴含着复杂的现实、人性问题，读者可以从其中寻找情感、人生的真谛。金仁顺的这部爱情小说与其以往小说有着很大的不同，虽然都是描写爱情，但《水边的阿狄丽雅》明显更深一层次，读者可以从爱情中认识到复杂的社会问题。

三、用传统文化打造儿童文学唯美世界的薛涛小说创作

自20世纪90时代起，东北地区的儿童文学便开始急速发展。近几十年来，随着时代的发展，人们的思想也开始不断丰富，同时也加深了对儿童文学的研究力度，由此，东北儿童文学创作进入了黄金时代。1997年，伴随着《棒槌鸟儿童文学丛书》的出版，东北儿童文学作家开始出现在文坛上，这一作品集中描写了东北地区的儿童生活，包括东北农村地区以及东北城市地区，作品中透露着浓郁的地域特色，并且极具文学性，其当时是由沈阳出版社出版的。"小布老虎"丛书于1998年开始出现在人们的视野内，这一系列丛书同

[①] 金仁顺. 新世纪作家文丛 第3辑 纪念我的朋友金枝 [M]. 武汉：长江文艺出版社，2017：248.

样保持着文学性，它并非由一位作家撰写而成，而是经过多名作家的努力最终汇集而成，其中主要包括薛涛、车培晶、常新港等人。目前，浮躁充斥着社会，人们似乎更加适应快节奏的生活，偏向于阅读情节简单的文学作品，很多儿童作家为了使图书畅销而创作符合低龄儿童口味的小说，如果将其当作商业片的话，那么东北地区至今仍然存在的一些深入挖掘儿童心理的小说就是文艺片。

作为东北著名儿童作家之一，薛涛最初并非主攻儿童文学，而是以创作成人文学为主。自1994年起，薛涛开始转变创作领域，投身于儿童文学创作之中。目前为止，薛涛已经创作了大量作品，主要包括《盘古与透明女孩》《泡泡儿去旅行》《随蒲公英一起飞的女孩》等。

作为一名拥有强烈历史使命感的著名作家，薛涛总是在儿童文学作品中蕴藏民族精神，他常常采取丰富多样的方式来解剖儿童内心的真实世界。当下我国的人文社会环境中蕴含着几千年来的中华文明，然而，全球化时代的到来使得各国之间的交往更加密切，除了经济领域之外，各国也进一步加深了文化交流，这对于我国文化的发展来讲，是一次巨大挑战。我们应该在立足本土文化的基础上，吸收借鉴外来文化。为了做过的未来，人们就必须要关注孩子的成长，要在潜移默化中培养孩子对我国文化的认同。

一直以来，在我国民族文化的发展过程中，"爱"都是永恒不变的主体，同时，"爱"也贯穿着儿童文学创作。薛涛，作为儿童作家，自然也要将爱融入作品之中，同时向儿童传达人与自然和谐平等的思想。《猎手》作为薛涛的著名儿童文学作品之一，同样传达着爱。故事主要情节如下：老猎人奎和野狼黑一直处于不断较量之中，最终野狼黑被孙子冬打死。这样的情节不免让人想起《瘸狼》的故事，然而两者虽然在情节上类似，但所表达的主题思想却并不相同，《猎手》具有更深刻的含义，它不仅展现了残酷的敌我矛盾，还从侧面表达了对生命的关爱。在《猎手》中，野狼黑之所以一直与老猎人奎争斗，是为了报杀子之仇，得知这一原因之后，孙子冬大为感动，所以，即使最终野狼黑死在自己手上，冬也并不骄傲，野狼黑的孩子彻底失去了妈妈。无论是人类，还是动物，都拥有感情，作者利用这一故事深刻表达了人与自然和谐平等的观念。此外，在很多作品中，薛涛都表达了"爱"这一主题。

第二节 充满哲理的诗歌创作

一、牟心海诗歌：历史与人生的诗意解读

作为辽宁省的著名诗人，牟心海出生于1939年，他的家乡是盖州的一个小乡村，经过不断努力，牟心海考上了辽宁大学中文系，并于1964年顺利毕业。在大学毕业之后，牟心海曾在公社、县、市担任职务，无论如何，他始终坚持创作，并出版了多部文学作品，现为国家一级作家。其代表作品有短诗集《杜鹃诗影》《绿水集》，儿童诗集《梦的露珠》等。

经过多年经验的积累，牟心海在文学创作领域取得了很大成就。尤其是进入21世纪之后，他逐渐形成了自己的写作风格，浑厚、大气。

牟心海的著作之一，《沙尘之魔》的主题是环境保护。通过阅读这一作品可以发现，牟心海并没有将写作的重点局限在沙尘危害方面，而是从人类自身因素出发，深入思考引发沙尘灾难的原因。诗中写道："沙尘，滚动的火浪，焚燃圣殿里的经卷，烧毁时间的脚步，深涂宇宙时间的色彩，什么规范与哲学，逻辑与后果，都变成没有重量的烟尘。……汗水漂起的试验，化为多情的幻觉和荒唐的呓语，在人类进步的胯下，追求与现存的背离，繁衍多端无生命的向往，谁会同情，洒向太空的血与泪，嗅不到一点人味，博物馆的龙袍与诏书，都在亲吻恶魔的手足……"[1] 这样的诗句，不禁让人想到摧毁于沙漠中的楼兰古国，曾经的文明与辉煌无情地被沙尘淹没，自然规律的神奇力量在冷漠地嘲笑着人类所谓的肤浅的文明。人类的好大喜功，好高骛远，不计后果的乱开发建设，最终会在自然规律的严罚下变成历史反讽嘲笑的对象。

牟心海的另一著作——《都市站立的语言与风的舞蹈》，题材是长诗。从表面上来看，作者描绘的是繁华的都市生活，运用了大量的白描式语言进行片段化诗意描写，然而实际上，在繁华都市生活的背后还隐藏着其他现象，比如浮躁的人心以及缺失的文化。现代科学技术的迅速发展使人们的生活发生了翻天覆地的变化。"神话扭曲着童话，想象是，智慧不断腾升，人们孕育的大脑，已经升级，脱离体魄而活泼生存，……叩击键盘的回声，弹去过往的烦绪，现实与未来在腹中谈笑，拉长的生命，不见年龄的皱纹，地球缩小成村

---

[1] 耿建华. 诗人牟心海创作研究 [M]. 沈阳：沈阳出版社，2008：254.

落，神秘牵出惊奇，疑问勾出世间的存在。"① 不得不承认，当下科学技术的进步已经将不可能变为了可能，神话不再是神话，而成为现实，但当下的现实又在不断破坏着童话。互联网的出现，使人们不用出门就能体验各种欢乐，再加上全球化进程的加快，人们之间的交往日益密切，世界已经变成了地球村。

诗中还有对都市夜生活的描写："……大自然在这里扮演，社会也来化妆……女郎幸运地得到款待，只不过是食客享受的，一道不用烹调的食物，酒泡肥了胆子，溶解未吐的语言，狼藉在繁衍剩余文化，书写一种费解的传统文明，轻松脱为疲劳，失去记忆，辨认不出你与我，包房的秘密与大排档的敞亮，交汇出一条起伏的热线，今天的阴晴呼唤明天的时令，杯里照样漂荡着半个月亮……"② 都市夜生活背后的虚假的繁荣与人性的堕落和无奈都在诗中得到生动的展现。作品还展示了都市的商品化狂潮及其人们消费心理的扭曲。

二、薛卫民诗歌：哲理的诗与诗中的哲理

作为东北三省之一，吉林省同样涌现出了一批文学家，薛卫民便是其中之一。他出生于1959年，主要以创作儿童文学和诗歌为主。自20世纪80年代开始，薛卫民便开始进行文学创作了。

薛卫民时长将我国古典哲学融入诗作当中，尤其是老庄哲学，如此一来，读者在阅读诗作时，便可以体会到作者所想要表达的思想了，显然，古典哲学的加入为诗作增添了灵性。《那个石马》创作于20世纪80年代，诗作的主人公是一匹石马。薛卫民借用石马之口强烈表达了自己对自由生活的向往。内容如下："……一临世就没有过草原，没有过山岗，咴咴的嘶鸣，是让看不是让人听的，望不见疆场上尘土飞扬，望不见索性垂下头来，永远也不再望。……连一次失前蹄的机会都没有，要蹄子也是多余了，任草在胯下疯长，叫远处的眼睛说它匍匐在地上。一匹被草欺负的马，一匹带有赫然标志的公马，血性流尽了，便比石头还要冰凉，一辈子不曾荒唐，却也一辈子也不能得意洋洋。"③ 薛卫民的这首诗，令人想起了《庄子》中，有这样一则故事：楚王派使者去请庄子去当宰相，他却反问使者，是做泥潭里打滚的猪快活，还是去做被供养、享受锦衣玉食，但却失去自由甚至被宰杀的祭牲快乐呢？显然是前者，没有了生命和自由，一切的一切都失去了意义，纵然地位再高、利益再多，又有什么意义呢？就如那匹连一次马失前蹄的机会也没有的石马，就算是表面上再

---

① 凌翼. 21世纪中国诗坛 [M]. 北京：中国社会出版社，2000：70.
② 凌翼. 21世纪中国诗坛 [M]. 北京：中国社会出版社，2000：74.
③ 何青志. 东北文学六十年 [M]. 长春：吉林人民出版社，2009：431.

英武、再万寿无疆,又有何用呢?

薛卫民的诗作风格极具自然主义,直至20世纪90年代,仍然如此。他习惯于运用朴素自然的语言风格来表达对繁华都市生活的深刻反思以及对自然生活的无限向往。正如他的著作《高原上》所写:"在这高原上,在这离太阳最近的圣地,总能看到一些毫无怨尤的人们,作为牧人,作为村妇,作为耕耘者,平静地生活着。……简单而又丰富地生活,少女如最美的植物,让人热爱大地,老人八十岁了依然如上帝的孩子,那些出自天然的礼数,使我带来的文明,沉淀出厚厚的污秽。"①

20世纪90年代以后,薛卫民的诗风中多了几分锐气和灵气,批判的矛头直指现代社会和人性的种种虚伪和丑恶,如《置身其中》:"我们心底羡慕羚羊和飞鸟的时候,便把羚羊和飞鸟逐出它们的家园。""我们在荒年,疯狂吞噬所有的食物,用猩红或黑紫的唇,用残留着兽性的锋利牙齿。我们在荒年撕下美女,亲吻那些动物植物的尸体。……我们一上船,就松开了手中的稻草,并为身体的赤裸而羞耻,去寻找最漂亮的衣服。我们渡过河川之后,或者扬长而去,或者在图纸上画一座桥。"②

进入21世纪,薛卫民的诗歌,继续这种哲理化的创作之路,诗歌对于哲理的表达更深刻也更到位了。如这首《在野草和庄稼间穿行》,作者借野草和庄稼之间的关系做比,写出了人类文明与原始自然本能之间的关系:"如果我们忘了,庄稼会替我们记着,最初是野草的籽粒,种出了后来的农业。野草和所有的植物是亲戚,野草更认为庄稼,是自己的兄弟,于是野草就经常出现在田野,来像进自家门,走像从兄弟那儿回去。"③ 文明的发展使人类忘记了自己的本来面目,在追逐中迷失了自己的本性,适时地回归本性,回归原始的野性,才能找到自己的精神家园,所以诗中写道:"熟视无睹的人们中有大智者,他们关心着久远以后的粮食和生机,于是偶尔的什么时候,野草被请进特定的房子,与禾苗会见,一次又一次反复交谈,回忆粗犷,回忆蜂飞蝶舞的大野地。"④

总之,读薛卫民的诗,可以看到一颗坦然而率真的心灵,它执着于表现真实的自我,追求着自由与个性的解放,向往着生命活力的最大限度地释放,渴望着回归自然、回归原始的境界以及一种简单的、栖止于家园中的幸福,因而对于现代文明及其所带来的种种虚伪和丑陋深恶痛绝,却又无可奈何。作者将

---

① 何青志. 东北文学六十年 [M]. 长春: 吉林人民出版社,2009: 433.
② 何青志. 东北文学六十年 [M]. 长春: 吉林人民出版社,2009: 434.
③ 峭岩. 温暖心河·诗歌卷 [M]. 北京: 北京联合出版公司,2015: 54.
④ 峭岩. 温暖心河·诗歌卷 [M]. 北京: 北京联合出版公司,2015: 55.

自己敏感的触角伸向哲思的天空，从哲思的高度审视着人类，剖析着社会和人性，同时也在审视着自己，剖析着自己，读者可以从他诗意的讲述中品味出许多简单却又深刻的哲理出来。

第三节　直击灵魂的散文创作

与20世纪相比，21世纪的东北散文创作在整体上呈现出两个特点，一是延续性，二是发展性。从延续的角度来说，新时期的东北散文创作继承了先前散文创作的重点，大文化散文、地域文化散文、丰富多彩的杂文和随笔，依旧是散文的主要内容。许多老一代的散文家在新时期仍然受到读者的喜爱与追捧，他们一方面保留着自己独有的创作风格，另一方面不断探索新的能够与时代背景相融合的创作内容。

从发展的角度来说，文学创作只有跟上时代的步伐，才能不被时代所遗弃，散文是文学创作的一种形式，创作者应该将新的时代特点融入作品之中，通过文字展现新的社会风貌。其实，文学是生活的一面镜子，人们的生活状况就是文学创作的主要内容。21世纪以来，网络迅速在人们的生活中普及，网络词汇成为人们日常交流中常见的元素，甚至还出现了网恋这种依靠网络建立恋爱关系的形式，可以说，人们的生活因网络变得异彩纷呈。在文学创作领域，也涌现了大量的网络新名词，对于那些鲜少接触网络的人而言，读懂这类文学作品也颇具难度。除了文学反映的内容有所更新以外，文学的载体也发生了变化，即由传统的报纸、杂志、书籍等更新为网络空间，如个人微博、微信公众号等，任何人只要想进行文学创作，都可以在网络空间中发表出来，这就是普遍意义上的网络文学。但是，由于网络文学参与者的广泛性，网络文学作品的质量有高有低，有些作品能够真实地反映不同层次人的生活状态，有些作品则缺乏可读性，没有现实价值。

网络散文主要有三个发展方向，分别是网络幽默小品和讽刺散文、网络叙事抒情散文、网络文化散文。这三类网络散文各不相同：有些人在网络环境中依托幽默诙谐的语言表达自己对社会热点问题或者实事的看法，并产生了独特的讽刺效果；有些人通过网络空间描写自己的生活，并抒发内心情感；有些人则本身就具有较高的知识水平，他们把网络当作散文创作的新空间，把对历史的回顾、对经典的解读、对人生的体悟，都以散文的形式呈现出来。虽然大部分网络散文的创作质量有待提升，但其中也不乏精品，这部分优秀的作品完全可以进入文学的神圣殿堂。

综观21世纪东北涌现出的散文家，格致无疑是非常优秀的一位。作为新锐散文家的代表，格致创作的散文极具个人特色，其中充满了她的所见所感，并且引入了西方小说的荒诞笔法和悬疑情节。在格致看来，散文创作的起点应当是个人经验，只有自己的亲身经历才有可能触及读者的内心，直击读者的灵魂。不少作家在文学创作中追求气场的宏大、视野的开阔，讲究文化排场，也有部分女性作家的创作风格趋于休闲与小女子气，格致与这些作家不同，她通过冷静客观的笔触创造出一种巨大的精神力量，这种力量能够穿透人的灵魂。

格致原名赵艳平，满族，祖姓爱新觉罗。1964年在东北吉林乌拉出生，1985年结束求学之路，于吉林地区师范学校毕业。格致的工作履历较为简单，她做过教师，也当过公务员。直到1999年，她才开启文学创作的旅程，随后出版了《转身》《从容起舞》等散文集。格致的散文创作受到读者的一致好评，其散文作品也荣获"布老虎"散文奖、人民文学奖、吉林文学奖等。

阅读格致的散文作品，能够真切感受到她的生活经历以及内心情感，她将自己的所见所感通过文字展现在人们面前，其作品也由此具有极强的可读性。如《转身》中描述了她险些被强暴的经历；《告诉》凝结着她当公务员时的心路历程，其中有不少关于她处理上诉案子时的思考；《减法》则以她儿时的上学经历为中心，叙写了同村同学不断减少的情况；《站立》的创作灵感源自她小时候治疗腿疾的遭遇，当时的治疗过程充满痛苦，为她留下了深刻的阴影；《救生筏》写了她生孩子后的思想转变，即极度恐惧死亡……与其说格致是一位优秀的散文家，不如将其比作借助文字为自己看病的医生，她以冷静的态度将那些心灵深处的创伤描写出来，当时的痛苦与恐惧全然呈现给读者，读者在阅读过程中，一方面感慨她的遭遇，另一方面产生了超脱文字之外的感想，如社会对弱势群体的漠然、个性的压制与抹杀、人性的自私与残忍，这才是格致散文创作的目的。正如作者所说："当我阅读、思考和写作，并随着这一切的深入，我获得了怀疑的能力，怀疑进入了我的思维，然后，我获得了一面凸透镜，我看到了放大后的人的表象活动，我看到了细节，细节暴露了一切。我在逼真的世界图像面前大吃一惊，我甚至一度被惊吓得出现了精神病症候。"[①]格致如同一名医生，她割开了看似寻常的社会事件的皮肉，将本质呈现给读者，而这种本质就是人类灵魂深处的丑陋，但是，社会要想向前发展，人与人之间要想和谐相处，就必须勇敢地面对并接受真相，进而做出改变。

---

① 何光渝. 今日文坛 第6辑 中国现当代文学艺术研究 [M] 贵阳：贵州人民出版社，2009：196.

在格致的所有散文中,最出彩的当属《告诉》,其围绕人与树的关系展开,详细描写了三个人对树的投诉。作者曾经对《告诉》做出这样的解读:"1. 这是一本人与植物发生矛盾冲突的记录。2. 告诉者无一例外都是人类,而植物,都是被告。3. 没有植物辩解或为植物辩解的记录。4. 审判者是人。5. 与花草树木的官司,人都打赢了。"① 与人类相比,那些不会言语的花草树木无疑是弱势群体,它们遵循自然规律地生长与死亡,本身与人类不存在任何冲突,然而,即便是这样,还是难逃被人类杀害的命运。在《告诉》中,人类不断控诉那些树,理由包括树枝打到了他们的窗子,树的落叶影响了他们的生活,树还导致了虫子的产生,如果说这些理由还算合理,那么树的存在使得家里进了小偷,就显得十分牵强,而这一切都被人类算到了树的身上,树只能落得被砍伐的下场。可以看出,在人类的强权之下,树的生存空间一再被压缩,它们是无辜的,它们从来没刻意影响过人类的生活,作者在文章中为树这类自然生灵辩护,希望实现树与人之间的平等。自私与残忍是人性的组成部分,人类将自己视作高等动物,以强权对待普通的自然生灵,在这种背景下,人对树的控诉必然成功,这就是毫无公理可言的强者对弱者的审判。现实社会中有多少人扮演着树的角色,弱者在强者的压迫下如何才能更好地生存下去,这不能不引发读者的深思。

格致意识到,在充满不平等关系的世界中,在强权的主宰下,危险就潜藏在人们的身边,可能看不见,但一定广泛存在。格致把世界比喻成一个蜘蛛的弥天大网,对此,她在《搭救》中进行了如下描写:"我对蜘蛛的恐惧更多地来自它身后的那张弥天大网。这种网在蚊子以及蜻蜓看来一定是不存在的。就像人看不见未发生的灾难。"② 所以,格致认为要想真正解脱就必须不断逃离,"逃"就是她的命运,她也确实逃离过三次。第一次发生在青少年时期,当时的格致仅仅 14 岁,她不喜欢家中的环境,每在家中就会产生呼吸困难的感觉,因而强烈要求住校,按照学校规定,她根本不符合住校生的标准,但仍然被批准了。第二次发生在 25 岁时,她在学校工作,这令很多人羡慕,而她却难以忍受学校僵化的管理体制,最终选择了辞职,逃离了那让她窒息的工作环境。第三次则发生在她当公务员的时候,她再次对自己的工作状态不满,繁杂琐碎的工作日常成为她再次逃离的理由,自此,她开始通过写作追求精神的独立与灵魂的自由。

格致散文的魅力还来自她的语言风格,正如她在《梅花状死结》中所说:

---

① 格致. 突然站在强与弱的中间(创作札记)[J]. 民族文学, 2005 (3).
② 格致. 风花雪月 [M]. 长春:时代文艺出版社, 2013: 21.

"我的文字一直遵循隐和曲的原则，喜欢把一句平淡的话通过一些小手段说得不平淡。我在这纯粹的游戏里丝毫不觉得累。弯绕得越曲折，角度调得越离谱，越觉得自己有才华。我还试图从其他的事物寻找支持和旁证。"[1] 在格致看来，文字的意义潜伏在每一个细节里。"我还从毛线里发现了我那看似无聊的文字游戏包含意义。一条线绳，当它垂直时，它没有多少可看的，但把它扭曲盘结，它就可能成为一朵花，一只小动物，甚至是一件御寒的衣裳。"[2] 格致的散文可以说巧妙地运用了这种将线绳扭曲盘结成各种形状的技巧。

首先，格致注重小说笔法在散文中的融入。小说与散文同为文学创作的重点，二者本身就具有相通之处，将小说笔法恰当合理地引入散文创作之中，能够增强散文的丰富性。在格致的散文作品中，能够明显感受到小说叙写般的隐晦与曲折，各种悬念的设置增加了文章阅读的曲折性，读者似乎怎么也看不到风景最美的地方，只能跟随作者的脚步，打开一重重屏风，越过一座座假山，在曲折的路途中探索更美的风景。

其次，作为满族人，格致自小就信奉万物有灵，在她的眼里，任何动植物都是生命体，都拥有独一无二的灵魂，并且不同事物之间均有可能存在联系，基于这样的观点，她总是把各种各样的动植物拟人化，为它们赋予人的生命，让他们开口说话，如《告诉》中被人控诉的树木、《庄周的燕子》中的燕子等。人们总是以主体视角看待世界，却没有意识到自己仅仅是自然万物中的一员，格致的散文着重描写动植物的鲜活生命，为人们开拓了一个新的看待世界的角度，人们可以从另一个层面审视自己的灵魂，更深刻地认识人性。

总而言之，格致的散文充满了魔力，阅读其散文作品，既能够感受到小说式的迂回曲折的叙事手法，也可以认识到魔幻现实主义色彩的文字描写。新时期的散文创作就应该尝试打破固有的写作手法，寻求新的创作思路，获得更多读者的认可与喜爱。

---

[1] 格致. 转身 [M]. 天津：百花文艺出版社，2004：2.
[2] 何光渝. 今日文坛 第 6 辑 中国现当代文学艺术研究 [M] 贵阳：贵州人民出版社，2009：200.

第四节　由报告到传记的写实文学

一、报告文学

（一）生态与环保——东北虎状态报告

在历史上，东北虎曾广泛分布于东北林区，随着经济的飞速发展，人民的生活水平有了极大提升，而东北虎的生活环境却遭到了严重破坏，东北虎已经成为濒临灭绝的生物。基于这样的现实情形，王天祥创作了报告文学作品《东北虎，SOS!》，文中对东北虎的生存状态进行了描述，同时表达了强烈的忧思。今天，野生东北虎的数量少之又少，改善东北虎的生存环境，提高东北虎的生命质量，成为刻不容缓的事情。

（二）朱晓军：东北作家墙里开花墙外香

朱晓军，男，1955生于沈阳，1976年参加工作，当汽车修理工。1978年，考入哈尔滨建筑工程学院工程机械专业。他从1972年开始发表作品，主要从事报告文学、散文和纪实特稿写作，出版有报告文学《大荒羁旅——留在北大荒的知青》等5部，在《家庭》《知音》《北京文学》等畅销报刊发稿近百篇，曾荣获北京文学奖、全国短篇报告文学征文大奖等奖项。

作品《天使在作战》获第四届鲁迅文学奖、全国优秀报告文学奖。调入浙江后，朱晓军的创作越来越受海内外关注。尤其是《天使在作战》，在《北京文学》发表后，《北京青年报》《齐鲁晚报》率先连载，《广州日报》《三湘都市报》《济南时报》《宁波晚报》《深圳晚报》《大众日报》《今晚报》《姑苏晚报》《南方日报》等多家报纸也已先后连载，北京环球经纬影视文化公司找到了作者朱晓军，而后专程飞抵杭州与朱晓军洽谈购买影视改编权。

二、传记文学

（一）杨子忱的历史人物传记系列

杨子忱，吉林九台人，其著作《纪晓岚全传》《纪晓岚外传》《鬼才金圣叹》《鬼圣蒲松龄》等，在海内外影响很大。尤其是台湾学术界还展开了关于纪晓岚的学术研讨会，阅读《纪晓岚全传》《纪晓岚外传》有助于人们了解古人生活、文人的成长与励志、社会真相或传闻、被生活压迫的百姓或女性，书中关于纪晓岚的诗词联对，处处流露出处世应变的机智，对人们有益智的作用。该书的特色较之影视文学，具有严谨考证、逼真贴切的优长。杨子忱的《鬼才金圣叹》一书，在美国加州旧金山市的汗牛书店销售很好。事实上，杨子忱的这些历史人物传记，对海外华侨了解中国历史文化起到了很好的传播解读作用，尤其是在当今经济全球化时代，文化融合时代，对中国优秀的历史文化传播介绍起到了作用，做出了贡献。

（二）张雅文的传记作品

张雅文出生在辽宁的一个小山村，她的文化程度并不高，只接受过小学教育，但性格率真、直爽，为人善良、热诚。张雅文年轻时曾经做过运动员，且成绩不错，除了体育运动以外，她还有唱歌、文学两大爱好。随着年龄的增长，文学逐渐成为张雅文的追求，她发现写作是实现人生价值的重要方式。真正动笔学习写作的时候，张雅文已经36岁了，再加上知识水平不高，她的文学创作之路可谓充满困难。张雅文创作之初，即以饱满的激情投入自己到社会各个层面闯荡和漂泊，访问他人的过程中她精心选择让自己"怦然"心动的素材，不顾艰辛，不仅在国内各地跋涉求索，而且自费远赴俄罗斯、韩国、欧洲等国外采访，在遭遇没钱花、没饭吃、没地方住、不会外语等种种困难的时候，坚忍不拔；同时又能顽强面对来自外界的种种不公，侵权、排挤，尽管侵权差不多要了她的命。把整个身心都投入到传记文学作品中的主人公身上，这也使她早期作品风格，情大于文的现象很突出。靠这种激情她有了《生命的呐喊》等一大批优秀的、感人至深的传记文学作品。自强不息、以生命作抵押为文学献身的奋斗精神，个人的苦难与时代、民族紧密相连的遭遇加上自身的悲悯情怀，使张雅文在成就作品的同时成就了自己。

在求索人生，把文学创作作为生命追求的过程中，张雅文不自觉地超越了国家、民族、宗教，在人道主义精神的大背景下，以朴素的对文学的信仰和追求为基点，向人类展示了人性的美好和善良。

参考文献

[1] 艾云. 灵魂的还乡 [J]. 上海文论, 1992 (4).

[2] 迟子建. 白雪的墓园 [J]. 春风, 1991 (4).

[3] 迟子建. 北方的盐 [M]. 南京：江苏文艺出版社, 2006.

[4] 迟子建. 迟子建作品精华本 [M]. 武汉：长江文艺出版社, 2017.

[5] 迟子建. 稻草人 [J]. 北方文学, 1991 (1).

[6] 迟子建. 额尔古纳河右岸 [M]. 北京：北京十月文艺出版社, 2009.

[7] 迟子建. 寒冷的高纬度——我的梦开始的地方 [J]. 小说评论, 2002 (2).

[8] 迟子建, 胡殷红. 人类文明进程的尴尬、悲哀与无奈——与迟子建谈长篇新作《额尔古纳河右岸》[J]. 艺术广角, 2006 (2).

[9] 迟子建. 没有夏天了 [J]. 钟山, 1988 (4).

[10] 迟子建. 逝川 [M]. 武汉：长江文艺出版社, 1996.

[11] 迟子建. 树下 [M]. 太原：北岳文艺出版社, 2001.

[12] 迟子建. 中国好小说 迟子建 [M]. 北京：中国青年出版社, 2013.

[13] 单元. 走进萧红世界 [M]. 武汉：湖北人民出版社, 2002.

[14] 东北现代文学史编写组. 东北现代文学史 [M]. 沈阳：沈阳出版社, 1989.

[15] 端木蕻良. 端木蕻良文集 6 [M]. 北京：北京出版社, 2009.

[16] 端木蕻良. 端木蕻良文集 5 [M]. 北京：北京出版社, 2009.

[17] 端木蕻良. 端木蕻良文集 2 [M]. 北京：北京出版社, 1999.

[18] 端木蕻良. 端木蕻良文集 1 [M]. 北京：北京出版社, 1998.

[19] 端木蕻良. 端木蕻良文集 [M]. 北京：华夏出版社, 2000.

[20] 端木蕻良. 端木蕻良小说 [M]. 杭州：浙江文艺出版社, 2003.

[21] 端木蕻良. 文学的宽度、深度和强度 [J]. 七月, 1937 (5).

[22] 端木蕻良. 我的创作经验 [J]. 万象, 1944, 4 (5).

[23] 端木蕻良. 致邓友梅的信 [J]. 当代作家评论, 1984 (4).

[24] 方守金. 北国的精灵——迟子建论 [M]. 哈尔滨：黑龙江人民出版社, 2002.

[25] 格致. 风花雪月 [M]. 长春：时代文艺出版社，2013.

[26] 格致. 突然站在强与弱的中间（创作札记）[J]. 民族文学，2005（3）.

[27] 格致. 转身 [M]. 天津：百花文艺出版社，2004.

[28] 耿建华. 诗人牟心海创作研究 [M]. 沈阳：沈阳出版社，2008.

[29] 郭颖. 回望与重构——论双雪涛小说创作中的"东北书写" [J]. 牡丹，2020（14）.

[30] 郝瑞娟. "捍卫灵魂的疆域"——论双雪涛作品中的人物形象 [J]. 濮阳职业技术学院学报，2022，35（1）.

[31] 何光渝. 今日文坛 第6辑 中国现当代文学艺术研究 [M] 贵阳：贵州人民出版社，2009.

[32] 何晶. 孙惠芬：我想展现当代乡下人的自我救赎 [N]. 文学报，2013-01-24（05）.

[33] 何青志. 东北文学六十年 [M]. 长春：吉林人民出版社，2009.

[34] 洪雁，高日晖. 论孙惠芬小说中的辽南民俗 [J]. 文化学刊，2008（4）.

[35] 黄晓娟. 故园之恋——论萧红的家园意识 [J]. 湛江师范学院学报，2002，23（4）.

[36] 黄晓娟. 雪中芭蕉 萧红创作论 [M]. 北京：中央编译出版社，2003.

[37] 金仁顺. 新世纪作家文丛 第3辑 纪念我的朋友金枝 [M]. 武汉：长江文艺出版社，2017.

[38] 雷达. 新世纪小说概观 [M]. 太原：北岳文艺出版社，2014.

[39] 雷永生. 皮亚杰发生认识论述评 [M]. 北京：人民出版社，1987.

[40] 李长虹. 东北作家群小说文化精神 [M]. 长春：吉林人民出版社，2008.

[41] 李会君. 迟子建的乡土世界与叙事精神 [M]. 武汉：武汉大学出版社，2017.

[42] 李凯波. 论萧红作品中"家园"的解构与重建 [J]. 文艺生活（文海艺苑），2018（9）.

[43] 李孟予. 《人面桃花》英译版的聚焦与叙事话语分析 [J]. 现代语言学（Hans），2021（3）.

[44] 李平. 中国现代文学 [M]. 北京：中央广播电视大学出版社，2006.

[45] 李馨. 惊异的日常与选择的负累——双雪涛小说的审美特征 [J]. 中国图书评论，2021（1）.

[46] 梁洪润，赵晓娜，陈晓磊. 迟子建文学作品生态文明观研究 [J]. 黑河学院学报，2013（2）.

[47] 凌翼. 21世纪中国诗坛 [M]. 北京：中国社会出版社，2000.

[48] 鲁枢元．生态文艺学［M］．西安：陕西人民教育出版社，2000．

[49] 马宏柏．端木蕻良小说创作与中国文学传统［M］．北京：社会科学文献出版社，2012．

[50] 马双．当代东北文学创作流变［J］．湖南科技学院学报，2015（12）．

[51] 朴素．温馨与难言的忧伤——迟子建小说的气味［J］．作家，2011（10）．

[52] 峭岩．温暖心河·诗歌卷［M］．北京：北京联合出版公司，2015．

[53] 宋韵声．辽宁翻译文学史［M］．沈阳：辽宁大学出版社，2016．

[54] 孙惠芬．上塘书．［J］．鸭绿江，2021（22）．

[55] 孙彦峰．迟子建小说乡土情结的诠释［J］．佳木斯大学社会科学学报，2013，31（6）．

[56] 滕贞甫．东北流亡文学作家论［M］．沈阳：春风文艺出版社，2019．

[57] 童纯洁．精神的漫漫旅途：浅析孙慧芬的乡土小说［J］．江苏第二师范学院学报，2013，29（1）．

[58] 汪曾祺．晚翠文谈新编［M］．北京：生活·读书·新知三联书店，2002．

[59] 毋娴幸．《额尔古纳河右岸》英译本及其读者状况分析［J］．新西部，2015（24）．

[60] 伍晓明．自我·艺术·自然——西方浪漫主义与五四文学［J］．中国现代文学研究丛刊，1987（2）．

[61] 谢淑玲．东北作家群的审美追求［M］．沈阳：辽宁民族出版社，2007．

[62] 余某昌．生态哲学［M］．西安：陕西人民教育出版社，2000．

[63] 张福贵．华夏文化论坛 第11辑［M］．长春：吉林文史出版社，2014．

[64] 张华．生命轮回——端木蕻良小说的生命意识论［J］．民族论坛，2007（7）．

[65] 张英．文学的力量［M］．北京：民族出版社，2001．

[66] 赵耀．边缘性经验的极致化书写——论双雪涛小说的审美意蕴生成［J］．西华师范大学学报（哲学社会科学版），2019（1）．

[67] 郑丽娜，王科．文学审美与语体风格：多维视野中的东北书写［M］．北京：中国社会出版社，2009．